Av Kent Klint Engman

Spott-Åsa på Höjden
Snuten på dårön 5

Bokomslag och illustrationer av Kent Klint Engman
Förlag: BoD - Books on Demand, Stockholm, Sverige
Tryck: BoD - Books on Demand, Norderstedt, Tyskland
ISBN: 978-91-8080-067-9

Författarens förord.

Detta är en fiktiv historia, liksom ön Gallbjäre där det hela utspelar sig och även de karaktärer som bor där. Vissa offentliga personer kan nämnas för att förankra berättelsen mer i verkligheten.

Språket i boken är som i de tidigare, bitvis dialektalt och ibland lite grovt så det lämpar sig inte för barn.

Jag använder en hel del Hälsingemål, men det finns mängder av avarter på dialekten beroende på var i Hälsingland man befinner sig. Själv har jag mina rötter från Njutånger vilket förmodligen har präglat mina uttal och mitt sätt att formulera mig.

Illustrationer av de flesta karaktärerna hittar du längst bak i boken.

Mycket nöje önskas med denna bok.

Kent Klint Engman, 2024.

Kapitel 1.
Dag 1. Torsdag 1:a September.
Ett glas mjölk.

Markel hade precis skottat i sig en stor tallrik med fläskkorv och rotmos på Skrikmåsens restaurang. Mätt och belåten tänkte han nu njuta av den rykande koppen nybryggt kaffe som stod på bordet framför honom. Allt var frid och fröjd när Åke-Lars Blom plötsligt reste sig från sin stol och gick fram mot bordet som Sur Stålblom höll på att torka av. *Va ska du fram till Rune å gö då?* tänkte Markel. Det var väl egentligen inget konstigt att en matgäst reste sig från bordet och gick fram till restaurangägaren, men Åke-Lars var en person som sällan gick fram till folk för att föra en konversation. Han var en sån som endast pratade när han blev tilltalad.

En sak som gjorde det hela värt att uppmärksamma var att Åke-Lars tog med sig sitt mjölkglas när han gick fram till Rune. Glaset var fullt och det fick Markel att undra varför han inte lät det stå kvar på bordet. Om glaset varit tomt vore det troligt att han skulle hämta påfyllning, men varför gå från bordet med ett fullt mjölkglas?

7

Ä dä nå fel på mjölken, så han tänker klaga för Sur-Stålblom? De här kan ju bli kul å se.

Markel fick ett förväntansfullt leende i ansiktet, men det skulle snart bytas ut mot ett förvånat gapande.

Åke-Lars ställde sig mittemot Rune, som nu såg upp med en frågande och irriterad blick.

– Ja, va fan vill du? sa han och lät torktrasan stanna upp från de cirkelformade rörelserna.

– Världsrymden anfallen ha, ha! sa Åke-Lars och hällde mjölkglaset över Stålblom.

– Nä nu jävlar läre lergöken få hosta. mumlade Markel chockat och reste sig upp för att ingripa i våldsamheterna som förmodligen alldeles strax skulle äga rum.

Trots chocken av det han nyss bevittnat var han lite stolt över uttrycket med lergöken, att han i stundens hetta myntat ett uttryck som han tyckte lät bra. Han kanske skulle skaffa en anteckningsbok och skriva ner alla sina påhittade ordfraser. Det vore ju synd om såna fina uttryck glömdes bort för eftervärlden.

Hans självglorifierade tankar avbröts av Rune Stålbloms vrål.

– Va i glödhetaste helvete gör du din jävla idiot?!

Rune var rasande och kastade bokstavligen iväg bordet han nyss torkat av, det for iväg som om det var gjort av papper. Bordet kraschlandade på ett annat bord vilket tursamt nog var tomt från matgäster.

Det var ju inte det minsta roligt att Åke-Lars, den timida småskrattande taniga snubben snart skulle bli ihjälslagen.

Fast Markel kunde ändå inte undgå att se det komiska i den overkliga synen. Rune Stålblom stod högröd i sitt ärrade

8

gamla ansikte med den vita mjölken rinnande ner för hans tunnhåriga huvud. Det såg onekligen rolig ut.

– Neu tar deu dä leite lognt Rune! hördes Lemkes skånska stämma från kassadisken.

– Världsrymden anfaller! Va fan mener du mä dä? Du ska få si på stjärner från en hel världsrymd du så dä står härliga till, din småskrattande byfåne!

Rune höjde sin råbarkade högernäve för att skicka på den småflinande Åke-Lars, men Lemke kom i sista ögonblicket och fick tag om Runes höjda handled.

– Du slår ihjäl honom Rune. Han utgör inget heot. Logna dig!

– Släpp mä din jädra danskskalle! Han hällde mjölka över mä, han vill starta krig. Å krig ska han få!

– Krig, ha, ha. småskattade Åke-Lars, men hade något osäkert i blicken.

Markel som inte varit lika snabb som Lemke ingrep också och försökte hejda den stridslystne Rune. Åke-Lars var ju far till den lite annorlunda pojken Claes-Eskil Blom, och det vore ju tråkigt om pojkstackaren skulle bli faderslös. Åke-Lars vägde nog max 50 kilo och skulle förmodligen dö om han fick en smäll av den forne slagskämpen. Att Åke-Lars var lite speciell stod klart, men att han utmanade ödet så kraftigt övergick Markels förstånd.

Med nöd och näppe lyckades de tillsammans lugna Rune så pass att dödens skugga inte längre ruvade över den hippiliknande Åke-Lars. Men han stod konstigt nog fortfarande kvar och flinade lite osäkert. Markel blev förbannad.

9

– Hörrö du Åke-Lars! Nu tror ja du ska följa mä mig å inte stå hänne å flina så förbannat. Ja tror inte du har sån tur att vi lyckas lugna Rune fler gånger.

Markel tog ett stadigt tag om Åke-Lars taniga arm och ledde honom bort från gästernas blickar och ut ur matsalen.

De satte sig ner på en bänk vid fönstret vid entrén och Markel kände sig tvungen att fråga.

– Har du dödslängtan eller? Varför i hela fridens namn hällde du mjölken över Sur Stålblom?

Kapitel 2.
Uppe på Höjden.

Han såg upp mot det lilla huset på höjden som var målet för hans minst sagt påfrestande rullstolsresa. Svetten rann ner för hans ansikte och det värkte i Bosse Fjords armar och axlar. Han frustade och kippade efter andan. Han önskade att han tagit sig hit redan för en vecka sen... eller ännu tidigare. Men han hade förhalat det hela och tiden hade runnit iväg.

För fem dagar sedan hade det blivit något fel på elrullstolen och nu var den på lagning. Det hade lett till att han nu satt här i den gamla rullstolen och flåsade med blodsmak i munnen efter den ansträngande rullningen i uppförsbacken.

Han lade märke till att det rykte ur skorstenen och undrade varför det eldades när det fortfarande var sommarvärme ute. Han såg ut över den lilla tomten, den såg väldigt välskött ut för att tillhöra en kärring på 100 år.

Hon måste leja nån som klipper gräset och sköter om trädgården. Hon kan väl för fan inte sköta det själv när hon är så gammal?

Nu befann han sig utanför de öppna grindarna till "Spott-Åsa på Höjdens" lilla torp. Han hade inte varit här sedan han som barn pallat äpplen från hennes äppelträd. Det hade bara skett en gång, för trots att de saftiga glasäpplena varit goda så fick han och hans kompisar magplågor så de sket löst i en vecka.

Spott-Åsa var en riktig häxa sades det. Enligt vad Bosse hört så hade hon förutspått att hon skulle hamna i koma då

11

hon var 90, för att sedan vakna upp när hon fyllde 100. Och så hade det blivit. För drygt en månad sedan hade hon vaknat upp, piggare och alertare än hon varit då hon somnat in.

Hur det var möjligt var det ingen som visste, men att något trolltyg varit inblandat spekulerades det friskt om.

Egentligen ville han inte vara här. Bara tanken på den gamla haggan fick honom att rysa, men han behövde hennes hjälp... eller gjorde han verkligen det?

Han tvekade. Skulle han skita i det ändå. Han kunde ju bara vända om och rulla ner för den branta och slingriga vägen. Än så länge hade han ett val.

Precis när tanken passerade genom hans hjärna hördes ett gnekande från husdörrens osmorda gångjärn. Han slutade andas för en sekund och såg hur den skraltiga gamla trädörren sakta gled upp.

Ingen syntes i dörröppningen, det var som om dörren öppnats av sig själv. Bosses hjärta bultade allt snabbare. Var det för sent att vända nu? Ja det var det nog. Häxskrället visste att han var där och det var lika bra att göra det han kommit för. Han ville ha hjälp med en sak som ingen annan kunde hjälpa honom med. Hon var ju häxa och det var dessa förmågor han behövde.

Han tog ett djupt andetag och började rulla mot den öppna dörren.

Kapitel 3.
Cafeterian.

Det var inte ofta Knujt besökte cafeterian inne på sjukhuset och det var första gången som han stått på andra sidan kassadisken, inne i köket. Anledningen till att han vistades där var inte på grund av att han var polis utan för att Maja Savelbolt fått jobb där.

Ganska omgående efter att Tage Fander dött hade hon ändrat tillbaka till sitt flicknamn... Savelbolt.

Det hela var rätt sjukt när Knujt tänkte efter. Majas före detta man, en kvinnomisshandlande skitstövel och Knujts ärkefiende hade blivit ihjälskjuten av hans förra flickvän Lillian Dolmersson... som nu också var död. Hon hade blivit huggen av Maja med en skinkgaffel och förts till operation men strax efter operationen hade hon avlidit. Skadorna hade inte varit livshotande och att hon dött var lite märkligt. Förmodligen hade hon dött av narkosen, det var visst inte så ovanligt hade han fått höra.

När förstärkning anlänt till hans torp hade Knujt varit avsvimmad. Lillian hade då försäkrat att hon var oskyldig och att det var Maja som låg bakom både mordet på Tage och att Knujt blivit skjuten. Knujt hade vaknat till en sväng och lämnat en kort redogörelse tillsammans med Maja. Lillian insåg då att det var kört och efter det hade hon inte sagt ett ord. Strax därpå avled hon efter operationen.

Det hade aldrig framkommit att Lillian erkänt mordet på hans ex Stina Pålhede, det var bra. Maja hade inte heller sagt något om det. Knujt hade bett henne att inte nämna något om det när hon blev förhörd någon dag senare. Han var glad att

13

Maja redan var införstådd med hans dubbla identiteter och att hon stod på hans sida.

Hela dramat hade rubricerats som ett svartsjukedrama byggt på felaktiga grunder och locket hade hållits på till media, så det blev inget stort pådrag av det. Knujt som blivit skjuten hade hållits utanför och det var i stort sett bara Tages och Lillians namn som det skrivits om... och de var ju båda döda.

Maja var nu hans nya flickvän... eller hemliga flickvän. Det hade bara blivit så men det hölls hemligt för alla på ön, åtminstone tills vidare.

Det hade gått väldigt fort för både honom och henne att komma över sina ex. Att Maja ville glömma Tage var inte så konstigt efter år av misshandel, men Knujt hade ju älskat Lillian tills den dagen för drygt en månade sedan när hon kommit instormandes med pistolen. Kanske hans känslor hade märkts av mer om han bearbetat det i ensamhet, men när Maja satt i samma sits så kunde de ju ta det hela tillsammans. Det var lämpligt att de bodde så nära varandra efter den ensliga Bjäruddsvägen utan grannar. Det gjorde deras hemlighetsmakeri mycket lättare.

Lillian och Tage var avslutade kapitel och nu kunde de bara tänka på varandra.

– Nå hur trivs du då?

– Jag har ju bara varit här på caféet några dagar, men jag trivs. svarade Maja och tog på sig förklädet och satte fast sin namnbricka högt upp på vänstra sidan bröstet.

Det plingade på klockan vid kassan.

– Får man ingen service här?

Knujt kände igen den smått irriterade stämman.

14

– Bäst jag går så du inte får klagomål första veckan. sa han och gick mot personalutgången.

Att Knujt kom ut från köket och försökte smyga sig därifrån gick inte Eidolf obemärkt förbi.

– Jasså, det kunde man ju förstått, att det är du som är orsaken till att jag får stå här och vänta. Du ska inte uppehålla personalen på mitt sjukhus... Och vad har du bakom disken att göra?

Knujt låtsades inte bry sig om Eidolfs fråga.

– Ja men nu är det ju du som uppehåller dig själv. Maja står ju där och väntar på att ta betalt... och du står och öschar med mig.

Knujts svar fick tyst på Eidolf och innan han kom på nåt till svar hade Knujt gått.

– Vill du ha kaffe till wienerbröden, eller är det bra så där?

– Va... Nej det är bra så. Jag ska ta dem med mig... jag behöver ingen påse, jag tar med mig fatet upp till kontoret. svarade Eidolf och kliade sig på handleden under skjortärmen.

– Men fatet vill vi gärna ha kvar här. Det blir bättre om du tar dem i en påse. invände Maja.

Eidolf stirrade surt på henne och var märkbart chockad av att hon behagade säga emot honom.

– Ni får ursäkta Herr Maschkman... Självklart går det bra att ta med fatet. Hon är ny och vet inte riktigt hur saker och ting går till här.

Maja vände sig om mot Ulla som obemärkt kommit upp alldeles bakom henne. Ulla var hennes chef och verkade vara totalt humorlös. Hon var kraftigt överviktig vilket hon försökte dölja med alldeles för tighta kläder. De satt som

15

valkiga korvskinn över kroppen. Att hon då bara såg fetare ut verkade hon inte förstå.

– Tack Ulla. Det är tur att det är ordning på dig.

Så betalade han och gick.

– Det där var Eidolf Maschkman... om du inte visste det. sa Ulla surt.

– Jo det visste jag.

– Då borde du väl begripa att om han vill ta med sig ett fat så får han göra det. Han är ju för böveln sjukhusföreståndare och han gör som han vill!

Maja ville gärna komma med en invändning men valde att låta bli. Det var dumt att käfta emot chefen redan första veckan.

Kapitel 4.
Spott-Åsa.

Dörren var öppen och det svarta dörrhålet inväntade honom. Problemet var bara att det fanns en liten trappa upp till brokvisten och han hade ju sin rullstol. Att ropa och be en 100-årig kärring om hjälp fanns inte på kartan, och att försöka rulla upp med rullstolen var uteslutet. Bosse var glad över att han var stark i den del av kroppen som inte var förlamad och att han tog sig ur rullstolen med hjälp av armarna. Om han ibland kände sig lite mindervärdig när folk såg ner på honom för att han satt i rullstol så kände han sig nu väldigt lågt stående när han kröp upp för trappan och in till häxans hus.

Det luktade surt och unket där inne och det var skumt och ingen belysning. På golvet där han hasade sig fram låg drivor med damm och grus och han gissade att det nog inte städats alls de 10 åren hon legat i koma.

Han tog sig mödosamt fram till en dörröppning som ledde in till köket... och där satt hon. Bosse kunde inte undgå att känna sig som en liten mus som precis förirrat sig in i ett kattpensionat.

Det var svårt att urskilja detaljer för det var mörkt i köket och alla gardiner var fördragna, men han visste att hon stirrade på honom.

– Köm in å sätt dä! sa hon med en något släpande och knarrande stämma.

Hon pekade med handen mot en stol på andra sidan köksbordet, och helt plötsligt flyttade stolen ut sig från bordet, till synes helt av sig själv. Bosse stelnade till och

17

visste inte riktigt vad han sett, men han försökte intala sig att hon måste ha skjutit fram den med foten... även om han inte sett skymten av en fot eller ett ben som rört sig.

Att han fick så lov att klättra upp på stolen under tiden som hon betraktade honom kändes nedvärderande, men samtidigt lite hedrande. I vanliga fall när han skulle göra något så var folk ofta framme och ville hjälpa honom, som om de inte trodde att han kunde klara av något alls bara för att han satt i rullstol.

Väl uppe på köksstolen vände han blicken mot henne och i samma sekund tände hon en tändsticka. Det fräsande svavlet och det plötsliga ljuset fick honom att hoppa till. Hennes åldriga ansikte såg nog hemskare ut än vad det egentligen var i det flackande gula skenet.

Hon var ingen skönhet, fast det var det väl ingen 100-åring som var. Hennes högra öga var stängt som ett streck medans hennes vänstra var klotrunt och uppspärrat. Hennes mun gav sken av ett kraftigt underbett på grund av tandlösheten, men han kunde skymta en gulbrun gadd i underkäken. Hon hade åldersfläckar, stora och små lite här och där och ett tunt stripigt hår som flottigt hängde ner mot hennes axlar. Bosse tyckte hela ansiktet påminde om en häxversion av Skalle-Pär i Ronja Rövardotter med Mr Beans överdrivna grimaser. Med den liknelsen hoppades han att hon inte kunde läsa hans tankar.

– Va kan ja hjälpa däg mä då? Öcken vill du ska fare illa?

Bosse blev lite förvånad av att hon visste hans avsikt med besöket... även fast det nog var att förvänta. Hon var ju en häxa och det var väl tänkt att de skulle veta saker som de inte borde.

– Det är en idiot som jag inte tål. Det är han som har sett till så jag sitter i rullstol, och så är det hans fel att jänta min Irka är död. Hon blev bara 17 år.

Hon höjde en hejdande hand mot honom och han tystnade omgående.

– Dä ä en där polisen du taler öm... inte sant?

Jo det var anledningen till att han var här, "spot-on". Han ville med hennes hjälp göra livet svårt... eller till ett rent helvete för den där jävla Snut-Knut. Det var hans ärende. Han nickade och fick känslan av att hon hade vetat det hela tiden.

– Va vill du ska hända mä han då?

– Jag vill att den fan ska få lida. Han ska få otur och göra illa sig. Han ska få ett helvete rent utsagt... det är det jag vill.

– He, he, he! Människerna har då inte förändrats på döm 10 åra ja ha vare... frånvarande. Ja förmoder att villa andra ont tillhör människans natur. He, he, he! skrattade hon både föraktfullt och roat.

Bosse kunde nog hålla med om det men valde att inte säga något.

– Ja jag kan nog gö vardan lite svår för öpolisen, men dä köster, dä vet du väl? Ingenting ä gratis!

Hon såg genast allvarlig ut och det uppspärrade ögat tycktes se ända in i själen på honom, han blev tvungen att vända ner blicken i bordet.

– Vad vill du ha? sa han lite trevande och plockade fram sin plånbok.

– Jag har tagit med mig kontanter.

Han tog fram några femhundralappar.

– Döm där pappeschlapparne kan du ta unna. Ja tar bare betalt i ädelt material så söm guld å silver.

19

Han såg upp på henne med vädjan i blicken.

– Jag har inget guld eller silver. Jag har en klocka! avslutade han med en viss hoppfullhet i rösten.

Han visade upp handleden med den gamla digitalklockan som han köpt för 500 spänn för säkert 8-10 år sedan. Spott-Åsa fnös och han tog skamset ner armen och skylde klockan under tröjärmen. Det blev en tystnad som kändes lång och utdragen tills hennes släpande stämma ljöd igen.

– Dä finns e anne sätt du kan få betala på...

Kapitel 5.
Åke-Lars.

Åke-Lars flackade osäkert med blicken och småskrattade så där som han alltid gjorde. Markel ville få ett vettigt svar på varför han hällt ut mjölken över Rune Stålblom.

– Så du mener på fullaste allvar att du tyckte det var en bra idé att hälla mjölk över Sur Stålblom?

– Ja, ha, ha. Ja det gjorde jag, men... ha, ha...

– Men vadå?

– Men det tycker jag inte nu längre. Nu tycker jag det var en ganska dum idé, ha, ha. Skitdum, ha, ha!

– Ja dä tycker ja å. Du vet väl att du hade kunna bleve ihjälslagen... du hade kunna dött på grund av dä du gjorde?

– Ha, ha. Ja. Det är därför jag inte tycker att det var en så bra idé längre, ha, ha.

– Ja fatter inte riktit. Om du nu inser hur dumt dä va, varför insåg du inte dä på en gång? Ja mener vilken idiot som helst fatter ju att man kommer å få stryk om man häller mjölk över Sur Stålblom... eller har du gått nån sån där ninjakurs, eller ä du bara självmordsbenägen?

– Ninjakurs... Ha, ha. Nä, jag fattar det inte själv. Jag bara fick för mig att hälla mjölken över honom, och så gjorde jag det. Just då i den stunden så kändes det helt rätt.

– Om jag va du så skulle ja rå inte gå hit å luncha på ett bra tag. Ja ska försöka få Rune å inte göra nån hämndaktion nästa gång han ser dä. Jag kan ju säga att du rökt nå konstigt ogräs och inte visste va du gjorde.

– Ogräs, ha, ha!

21

– Häv iväg dä du nu och häll inte ut nå mer mjölk... eller häll ingenting över nån, inte oboy eller vatten eller ett jävlaste nå.

– Okej. Inte hälla oboy, ha, ha... skrattade Åke-Lars och gick ut genom entrén och mötte Knujt i dörren.

Så fort dörrarna stängts vinkade Markel till sig Knujt.

– Vad är det Markel? Du ser ju alldeles exalterad ut.

– Ja nu jävlar ha du missa nå!...

Markel började berätta vad som hänt och kom väl ungefär till då Åke-Lars stod vid bordet mittemot Rune då Lemke kom fram till dem.

– Rune håller peå å tvetta av sig å beyta om... Ja treor Kneut skolle föredra att feå se de hela med eigna ögon.

– Hur mener du nu? undrade Markel som inte tyckte om att bli avbruten mitt i berättelsen.

Lemke flinade lite finurligt.

– Kom ska ja veisa er nåt.

Så vinkade han åt dem att följa med och skyndade sig in bakom disken vid restaurangen.

– Va ä dä där? undrade Markel när de stannade intill en tv-skärm.

– Du ska feå se. Kolla här.

Lemke Skåning klickade lite på tangenterna och så dök det upp en bild över matsalen på skärmen.

– Har ni övervakningskameror här? undrade Knujt.

– Dä ha ni väl inte haft förr ä? sa Markel.

– Nej. Ja installerade nåra kameror igeår... Å de va ju teur så vi fick detta inspeilat.

Han tryckte på en tangent och alla tre kunde nu ta del av hur Åke-Lars gick fram och hällde mjölken över Rune.

– Va i helvete! Hade han dödslängtan eller? utbrast Knujt chockat.

– Varför gjorde han så?

– Ja, va sa han? sa Lemke med frågan riktad till Markel.

– Ja han sa inte så mycke vettigt, mest sa han... ha, ha... ha, ha... ha, ha... Ja typ ni fatter. Han skratter ju hele tin, dä ä ju nå fel på han. Å han visste inte varför han gjorde't. Han sa att han förstod nu att dä va en skitdum idé, men dä tyckte han inte när han gjorde't ä.

– Så han visste inte varför han hällde ut mjölken på Rune?

– Nää Chiefen, dä visste han inte. Han tyckte bara dä kändes helt rätt att göra så sa han.

– Sjukt. Tur att ni lyckades lugna Rune. Det kunde gått riktigt illa för den där taniga stackarn.

– Va fan står ni hänne å glor för? Du gette väl ha jöbba hänne länge nog du skåningsjävel så du borde begripa att dä inte ska va nå obehörit fölk hänne innaför disken.

Lemke stängde genast av monitorn.

– Ja men de ä jeu polisen.

– Dä hör inte hit dä ä. Snutjävlarna jöbber söm poliser å dom jöbber inte hänne. Tror du döm skulle släppa in mäg hur söm helst i vakten bare för att ja jöbber på resturang å hotell?

Lemke hann inte svara.

– Nä, för döm följer sine regler å döm få'nt släpp in fölk hur söm helst, å dä få'nt du heller ä. Häv iväg er nö ere jävlar!

Ingen ville käfta emot Rune och alla, till och med Lemke gick ifrån kassadisken och långt ut i matsalen. Rune såg surt efter dem och muttrade för sig själv.

– En kåsigan knäppskalla söm skratter mer än han prater å söm häll mjölk över mä å ja få'nt ge tebaks? Å sen spring

23

obehörit fölk bakaför disken min. Inte undra på ja bli sinnig ä. Usch! Ja läre lugna ner mä inna ja mörde nån snascht!

Han såg mot sprithyllan bakom sig och sträckte sig mot en flaska Bowmore med tillräckligt många år på nacken, men hejdade sig då ett vitt ljus sken upp intill honom. Han visste att det var hans älskade Birgit som kom för att lugna honom.

– Ja du Birgit, ja vet att du bruker kunna lugna ner mä, men ja tror ja behöv kömma hännifrån snascht, å ja behöv mä en jävel öm ja ska hölla mä lugn.

Det varma ljuset intill honom försvann, och med lite dåligt samvete hällde han upp ett halvt dricksglas med Bowmore och svepte det i en klunk.

– Ja läre från ön inna ja slör ihjäl nån. Ja ska nog fan ta å far in te Hudik ikväll.

När han sagt det var det bestämt. Rune skulle bort från hemmaplan och ta sig några stänkare på fastlandet.

24

Kapitel 6.
Kaffe och wienerbröd.

Ljudet av kaffebönor som krossades ljöd från espressomaskinen på Eidolfs kontor. Han skulle just ställa ifrån sig fatet med wienerbröd när han tyckte sig se något som rörde sig utanför fönstret. Han vände sig om för att se efter, men där såg han inget. Däremot så hade hans rörelse fått honom att vinkla fatet så wienerbröden föll ner på skrivbordet och spred florsocker och smulor överallt.

– Det var då väl fan också! svor han.

Han satte sig ner vid skrivbordet och lät smulorna ligga kvar så länge. Han skulle minsann åtnjuta wienerbröden och kaffet först innan han tog reda på det där.

Då halva godsaken var i käften plingade det till på laptopen. Han hade fått mail.

– Men nu tror jag väl självaste fan är lös. Ännu en som avböjer köpet av gården. Varför visar de först sådant intresse för att sedan dra sig ur?

Det var Benjamin Tylts gård som låg ute till försäljning. Han hade fått många fina bud men när det var dags att knyta åt säcken drog sig alla ur tycktes det som.

Han tryckte i sig det sista av wienerbrödet och kliade sig på underarmen under skjortärmen. Han såg mot klockan.

– Oj, vad tiden har flugit iväg! utbrast han.

– Man hinner inte ens ta en fika i lugn och ro. fortsatte han mumlande för sig själv.

Men doktor Abrahamsson får vänta lite... jag är ju hans chef. Han får helt enkelt flytta om i sitt schema.

Eidolf mumsade i sig det andra wienerbrödet och drack upp sitt kaffe innan han gick mot hudmottagningen.

Kapitel 7.
Örnnäbben.

Att det var något mindre roligt kärringen menade förstod Bosse när han såg hennes hånfulla leende. Det fanns bara skadeglädje och en sadistisk iver i hennes skrumpna gamla ansikte. Han gissade att hon väntade på att han skulle fråga... vilket han till slut tvingades göra, även om han bävade inför svaret.

– Vilket sätt kan jag betala på då?

– Kan du inte betala mä ädelmetall så kan ja nöja mä mä ett lillfinger.

Snekäfts-Bosses ögon förstorades. Hade han hört rätt?

– Sint′ så chockad ut ä. Du kan få välja vicket åv lillfingrane du vill ge boscht... ja än′t så nogräknad ja ä.

Han kände sig tvungen att fråga trots att han förstått vad hon sagt.

– Vill du ha ett av mina lillfingrar?

– Ja.

– Det kan du glömma! sa han tvärt.

– Nähä, men då blir dä då ingen hjälp heller ä!

Bosse blev tyst.

– Öm du vill att en dä länsman ska få sä ett helvete så köster dä ett lillfinger.

Bosse satt länge tyst innan han trevande frågade.

– Öh... du tror inte det skulle gå bra med en Trans Am från -73?

– En va fla? frågade hon och såg helt oförstående ut.

– Öh... nä det var inget.

Vad skulle en 100-årig trollkärring med en klassisk sportbil till? Han tvivlade på att hon ens hade körkort och hon skulle

27

nog aldrig inse muskelbilens fulla värde. Dessutom var det hans ögonsten, och även om han inte längre kunde köra den på grund av förlamningen så ville han ha den kvar. En dag kanske det gick att bota förlamningar och han kanske kunde köra skönheten igen.

Blotta tanken av att han inte kunde köra sin bil fick honom att blir rasande på Snut-Knut. Det var hans fel, även om han inte riktigt mindes vad som hänt på kyrkogården den där natten. Men att det var Knuts fel var det ingen tvekan om.

– Du får mitt vänstra lillfinger... bara du ger den där jäveln ett helvete! spottade han ur sig och hon kunde höra hans beslutsamhet.

– Så ska dä låta.

Sekunden senare hördes ett hårt dunk i bordet när hon la fram en stor sekatör. De böjda vassa bladen påminde om en öppen örnnäbb och allvaret i situationen blev genast mer verklig när lillfingeravklipparen anslöt sig till ekvationen. Skulle han verkligen ha mod och mental vilja att klippa av sig sitt eget lillfinger?

– Du tror inte att du skulle kunna klippa? hörde han sig säga.

– He, he, he! Tyvärr... magin ligger i din handling. Varför dra ut på dä. Klipp å få dä gjoscht nö!

Bosse Fjord hade alltid varit en hårding ansåg han själv. Som ung hade han ofta hamnat i slagsmål och han hade fått sig en och annan smäll. Han visste att han tålde smärta. Han var också ganska impulsiv, vilket fick honom att i en hastig rörelse plocka upp sekatören med högerhanden och placera de böjda bladen mot sitt vänstra lillfinger. Han tvekade en sekund och tog ett djupt andetag och klippte till.

Spott-Åsas iver lyste i hennes vidöppna öga och var lika tydlig som Bosses smärtfyllda ansiktsuttryck.

Det flimrade framför hans ögon och han fick metallsmak i munnen. Han såg mot den avklippta fingerstumpen som nu låg på bordet.

Men det som sedan hände var han inte beredd på.

Häxan plockade förtjust upp fingret och såg på det en stund... sen kastade hon in det i den öppna spisen och ett stort eldklot poffade till och lyste upp det mörka köket.

Först blev han häpen, sedan förbannad.

– Va fan gör du? Tvinga du mig att klippa av fingret bara för att du skulle elda upp det?

Hon blev genast allvarlig och vände sig mot honom. Nu öppnade hon upp sitt hittills stängda öga. Det var helt svart, som om det totalt saknade iris och ögonvita.

Bosse ångrade genast att han höjt rösten och kände sig liten och ynklig trots att han var nästan dubbelt så stor som den lilla gumman.

– Hänne ha ingen tvingat nån. Dä va ditt val, å va ja gör mä fingre etter att ja fått ett ä öpp te mäg!

Han fann sig snabbt i sitt underläge och insåg att hon hade rätt. Han såg mot den ynkliga lilla fingerstumpen på handen... den hade inte börjat blöda än.

– Så när börjar det hända en massa jävelskap för Snut-Knut då? frågade han utan att se mot henne. Han ville inte se på det svarta ögat fler gånger. Bara åsynen av det hade fått honom att rysa.

– Dä ha redan börja. svarade hon och kastade fram en skitig trasa åt honom.

– Dä ä nog bäst du linder in en dä stumpen.

29

Just som hon sa det började blodet strömma från den lilla kvarvarande stumpen på handen.

Medans han lindade om den förminskade kroppsdelen fick Bosse en känsla av att Spott-Åsa anat att detta skulle ske redan innan han anlänt till huset. Det var nog därför hon eldat i den öppnaspisen trots värmen. Hon hade bara förberett sig för att elda upp hans finger, och den där sekatören hade då legat oroväckande nära till hands.

Kapitel 8.
Backen och gasen.

Strax efter att Knujt vridit om nyckeln på sin Nissan X-Trail så exploderade det från motorn. Motorhuven flög upp och ut sprutade vatten och ånga. Det dröjde inte länge förrän det stod fullt med folk i fönstren på Skrikmåsen. Markel och Lemke kom ut till honom.

– Vilken jädra smäll. Va fan va dä som hände? undrade Markel.

– Inte fan vet jag? Det bara small. Det måste vara kylaren som exploderade tror jag.

– Ska ja ringa efter bärgare? undrade Lemke.

Knujt som inte var mekaniskt lagd insåg att det nog vore det bästa och tackade ja till förslaget.

– Hade du börjat köra eller stod du still?

Frågan kom från ett barn. Knujt och Markel vände sig mot Claes-Eskil Blom som stod med sin keps på sned och sin cykelflagga i näven strax bakom dem.

– Jag stod still, jag hann bara starta. Hur så, varför undrar du det Claes-Eskil? sa Knujt.

– Därför att jag har sett en tomte här i närheten ibland, och om du körde så kanske du höll på att köra på han och då kanske det var han som slog sönder kylaren så det sprutade vatten.

– En tomte, ha, ha. skrattade Markel.

Knujt kanske också hade skrattat om han inte fått stryk av den där tomten en gång i tiden. Han gick framför bilen men såg ingen buckla i grillen.

31

– Jag tror inte det var nån tomte som slog hål på kylaren. Det var nog bara ett övertryck eller nåt.

– Va bra. Man ska va snäll mot tomtar… annars kan man få stryk… eller så får man inga julklappar. Hej då! Claes-Eskil sprang därifrån.

– Fantasifull unge dä där. Tomtar, ha, ha. skrattade Markel, men Knujt tyckte inte det var så roligt.

Efter kanske 10 minuter kom en gammal rostig bärgare med firmanamnet "Connys Gnissel, Bang & annat Jox" tryckt på förardörren. Men det var inte någon Conny som hoppade ur förarhytten, det var Rolf Tagesson… den forna plogbilsföraren tillika grävmaskinist och sjuktransports chaufför.

– Va fan kör han bärgare nu också? mumlade Knujt till Markel.

– Ja tydligen. Lite väl vågat, så många olycker som den där åstakommer hele tin. mumlade Markel som svar.

När de hejat och Rolf inspekterat Knujts bil så skulle han backa lite närmare… det gick inte så bra.

Strax efter att Rolf hoppat in i förarhytten och lagt i backen så hördes ett högt råmade från motorn, och med full fart backade Rolf över Knujts bil. Det blev en jädra smäll.

– Va fan gör du din idiot?! ropade Knujt och viftade med armarna i ett tröstlöst försök att få stopp på bärgaren.

Rolf verkade inte riktigt få grepp om situationen för han la i ettan och körde av bilen, men endast för att åter igen lägga i backen och med full gas backa på Knujts bil. Denna gången stod i stort sett hela bärgaren på den tillknölade Nissan.

Rolf öppnade dörren och såg förskräckt ut.

– Är du inte riktigt klok?! Va fan håller du på med?! skrek Knujt.

– Har du fått körkortet i nå torrfoderpaket för tuppkycklingar?! utbrast Markel.

– Jag vet inte... Förlåt. Det måste vara nåt fel med växellådan, och gasen verkar haka upp sig.

– Dä ä ju jävlit märklit om både gasen å växellådan haker upp sä två gånger i rad. sa Markel.

Fan va han lägger sig i då. Det är väl jag som ska va förbannad, inte Markel. Det är ju min bil som är mosad. tänkte Knujt.

Markel däremot gillade fortfarande inte Rolf efter att han hört att Leila fantiserat om hur det skulle vara att ligga med honom för någon månad sedan.

Rolf klättrade ur bärgaren och betraktade förödelsen han orsakat.

– Åh herre gud! Vad har jag gjort?

Han tog upp bägge händerna och strök sig förtvivlat över pannan och håret.

– Jo du ha backa sön´t chiefens bil å förstört den... **Två** gånger.

Markel var på hugget.

– Jag skulle ha sagt nej när Conny ringde och frågade om jag kunde köra bärgaren idag när han var sjuk. Faan! Varför sa jag inte ifrån?

Rolf grämde sig och hade till och med tårar i ögonen. Knujt tyckte nästan synd om Rolf och ville försöka lugna honom.

– Det är gjort nu, och det finns inget vi kan göra för att få det ogjort. Vi får fylla i försäkringspappren och sedan är det inte mycket mer vi kan göra. Eller jo, du kan ju försöka köra

33

ner från min bil utan att backa över några fler bilar, och ta sedan härifrån vraket.

Det fortlöpte så... Försäkringspappren fylldes i och skrotbilen bärgades från platsen.

Kapitel 9.
Samlingen.

Spott-Åsa gillade att vara tillbaka i livet, och hon gillade att vara tillbaka i sitt gamla torp uppe på höjden. Det var svårt för henne att förstå att hon legat hela 10 år i koma. Till en början hade hon inget medvetande om vad som hände med vare sig henne eller världen. Det var först på slutet som hon blivit mer och mer medveten om sig själv och allt runt omkring. Hon hade samlat sina krafter inför sin 100-årsdag. Den där sjukhusföreståndaren Eidolf Maschkman hade hon inte mycket för. Han hade kallat henne ett och annat under hennes vistelse på sjukhuset i tron att hon inte hörde honom, men hon hade minsann hört. Däremot hade hon nog honom att tacka för att hon kände sig så pass pigg och frisk. Han hade utan hennes medgivande använt hennes kropp som en försökskanin. Till en början när hennes medvetande börjat klarna hade hon blivit rasande när hon oförmögen att röra sig fått ligga och ta emot det han ordinerat att de skulle spruta in i henne, men så förstod hon att allt var förutbestämt.

Hon hade ju medvetet tagit sig till sjukhuset och sagt åt personalen att hon skulle hamna i koma och inte vakna förrän hon fyllde 100. Därefter hade hon rasat ihop på golvet och det hon förutspått hade skett.

Det hon inte visste då var att Eidolfs injektioner, de han kallade A-A-J med beteckning 1-5 inte skulle finnas tillgängligt förrän 10 år framåt i tiden.

Nu förstod hon att hennes gamla kropp troligtvis inte skulle överlevt i 10 år till, därför hade den fått ligga i dvala och

35

inväntat injektionerna. Hon visste också att A-A-J stod för Abel Af Jaarstierna och innehållet i sprutorna kom från honom. Varför hans stamceller och DNA användes i projektet hade hon ingen aning om men något speciellt var det allt, det förstod hon.

I sin självbelåtenhet körde hon nålen rakt genom lillfingret och lät den grova björntråden bilda en lång ögla. Hon gick in till sovrummet och hängde Bosses lilla fingerstump på väggen ovanför huvudkudden. Den prydde hennes samling av kroppsdelar som folk kapat av sig genom tiderna som betalning för att få andra att lida.

Hon gillade att se minen på dem som sökte hennes hjälp när de trodde att hon kastade in deras finger i elden. Alla trodde att hon skulle ha fingret till någon sorts rit eller göra trolldryck av det, men när hon kastade det i elden blev de genast arga. De trodde att hon låtit dem kapa av sin kroppsdel till ingen nytta... och de hade de i och för sig rätt i. Hon hade oftast ingen användning av deras fingrar eller öron, eller vad det nu kunde vara. Inte mer än att hon samlade på dem. När hon såg på sin samling njöt hon av att det var hon som fått dem att självmant stympa sig själva... till ingen nytta.

De som sökte hennes hjälp och inte hade råd med guld eller silver fick ju skylla sig själva. Hon kunde ju inte jobba gratis.

Den där eldpuffen använde hon sig av bara för effektens skull. Det hon kastade in i de öppna lågorna var så lättantändligt att det nästan exploderade. Folk var fullt upptagna med att se på sina stympade kroppsdelar och lade aldrig märke till att hon stoppade på sig den avlägsnade delen och istället kastade en liten lättantändlig boll av kemikalier i elden.

Kapitel 10.
Utslagen.

Det tog emot från alla håll och kanter att ta av sig skjortan. Han ville inte men förstod att det var nödvändigt. Att sitta med bar överkropp kunde få honom att krympa så mycket hade han inte trott.

Det faktum att Eidolf ofta klankat ner på doktor Abrahamsson eller gnällt och klagat och hela tiden sett honom som en lägre stående individ gjorde inte saken bättre. Nu kände han sig skamsen som behövde Abrahamssons hjälp, och att behöva klä av sig inpå bara skinnet förminskade honom än mer. Att han kommit 35 minuter försent förbättrade inte heller situationen.

– Öh... det där ser onekligen inte så bra ut. sa doktor Abrahamsson.

I vanliga fall skulle Eidolf ha påpekat att normalt begåvade människor aldrig börjar en mening med "öh..." men nu fick han låta det passera.

– Nej det kan jag också se fast jag är inte är någon läkare. Vad mer kan du se förutom det... du som är expert menar jag?

Han försökte få det att inte låta så sarkastiskt, men det var svårt. När han tänkte efter så brukade han jämt säga något som kunde tolkas som drygt till Abrahamsson. Varför visste han inte, det bara var så.

– Hm... och utslagen kliar också sa ni?

– Ja. Vad är det för utslag? Jag menar ni som är hudspecialist måste väl ha stött på detta flera gånger.

37

– Öh... både ja och nej. Det finns mängder med utslag som kan se likadana ut. Det kan vara nässelutslag, värmeutslag, eller stressutslag.

– Ja det har ju varit en hemskt varm sommar, men nu är det ju mycket svalare så det vore väl konstigt om jag får värmeutslag nu. Att det skulle vara stressrelaterat tvivlar jag på. Jag är inte mer stressad nu än tidigare i mitt liv.

– Öh... men det kanske är just det. Du kanske har stressat i hela ditt liv och nu börjar kroppen att säga ifrån. Ni är ju ingen ungdom längre herr Maschkman.

Eidolf ville säga något spydigt till svar men fann sig i att inte säga något alls.

– När uppvisades första symptomen?

– Ja det var för ungefär 3-4 veckor sedan skulle jag tro.

– Och varför har du inte uppsökt mig tidigare?

– Därför att jag har haft en massa att stå i... och jag tänkte att om utslagen kunde komma av sig själv från ingenstans så skulle de säkert försvinna av sig själv också.

– Men det gjorde de inte.

– Nä. Det gjorde de inte. Det är ju därför jag är här nu.

– Okej. Jag ska ta några prover på de värsta utslagen, sen tar det någon dag innan jag vet vad det kan röra sig om. Jag råder dig att inte klia och försök att inte vara så nära andra... ifall att det är smittsamt. Jo... din fru förresten, har hon fått några utslag?

– Min fru? Nej Marianne har inte fått några utslag, hur så?

– För att vara på den säkra sidan så rekommenderar jag dig att sova på soffan några nätter så att du inte smittar din fru. För du vill väl inte att hon ska få samma utslag?

– Nä det vill jag ju så klart inte...

38

Eidolf kom av sig. Det var inte lite fräckt av läkaren att tala om för honom att han skulle sova på soffan. Men Eidolf höll sig lugn och försökte att inte visa att han blivit förnärmad.

– Nåväl, jag kan sova i ett av mina gästrum så länge. Kan du skriva ut något mot klådan? Jag håller på att bli tokig. Och det är värst här på handleden där det började.

Doktor Abrahamsson bockade sig närmare handleden och betraktade de sönderklösta och vattniga utslagen.

– Det där ser inte alls bra ut. Jag får nog smörja och sätta på ett bandage så du inte kliar där.

Så funderade han ett slag.

– Säg mig… du minns inte om du kommit i kontakt med något speciellt för 3-4 veckor sedan? Om underarmen eller handleden kom i kontakt med… ja något annorlunda helt enkelt?

– Annorlunda? Vad skulle det vara?

– Jag vet inte. Du har inte klappat något djur, ett svin eller kreatur eller…

– Ser jag ut som någon som springer omkring och klappar grisar och kossor om dagarna? avbröt Eidolf och kunde inte lägga band på sig.

Han lät onekligen irriterad.

– Öh… nej naturligtvis inte herr Maschkman.

Doktor Abrahamsson sa inte så mycket mer utan smorde in handleden på sin patient och lindade underarmen med gasbinda innan han avslutade med att han skulle återkomma så fort provsvaren var klara.

39

Kapitel 11.
Fingerstumpen.

Han var glad att det var den där Knäpp-Leila som satt i vakten och inte Knujt. Samtidigt skulle han vilja träffa honom för att fråga om det hänt honom något, men det skulle han tids nog få höra talas om ändå. Skvaller färdades fort på ön.

Han hade väl aldrig kunnat tro att det skulle göra så ont och blöda så mycket för ett avklippt lillfinger. Han började nu till och med bli yr.

Att ta sig fram med rullstol med ett nyligen avklippt lillfinger var ingen bra kombination. Det hade gått bra i nedförsbacken från Spott-Åsa men i den här uppförsbacken till sjukhuset värkte det och det blödde mer och mer för varje gång han tog i och rullade stolen framåt.

Han blev väl bemött vid sjukhusentrén och strax befann han sig inne i ett rum där en sköterska och en läkare tog hand om hans bultande hand.

– Jaha... så du råkade skära av dig lillfingret på en bandsåg?

Läkaren såg lite skeptisk ut när han ställde frågan.

– Ja. Precis så gick det till.

– Och sedan kom en korp och tog ditt avsågade lillfinger i näbben och flög iväg.

– Ja precis... jävla korpjävel.

Bosse hade först tänkt säga att en katt eller en råtta tagit fingret men så kom han att tänka på att en korp setts i samband med att det försvunnit värdesaker hos folk. Inte för att hans lillfinger kunde betraktas som en värdesak kanske

40

men hans historia skulle kanske låta mer trolig om han blandade in bitar från verkligheten i den.

– Det var ju tur att ingen kom till skada vid Skrikmåsen idag för då hade du kanske fått suttit och väntat på att vi skulle kunna ta hand om dig. Du har fått en infektion och den kunde nog inte ha väntat mycket längre. Om du gör illa dig fler gånger så linda in skadan i en ren tygbit, den du nu använt är nog orsaken till infektionen.

Snekäfts-Bosse struntade i det med tygbiten, han blev intresserad av vad sköterskan sagt.

– Skrikmåsen? Vad är det som hänt på Skrikmåsen?

– Det var en bärgare som backade över polisens bil. Bilen blev bara skrot och det var tur ingen blev skadad.

Bosse fick en iver i sina ögon.

– Men du sa att ingen kom till skada. Klarade snutjäveln... eller jag menar, klarade polisen sig?

Både läkaren och sköterskan såg lite skeptiskt på Bosse.

– Ja, det var ingen som kom till skada som tur var.

Bosse blev först sur över att Snut-Knut klarat sig, men så blev han glad. Spott-Åsa hade ju sagt att det redan hade börjat, och det hade det ju. Om Knut skulle få ett helvete så måste det ju ske i etapper. Om han blev påkörd och dog på en gång så fick han ju inte lida. Att få en kvaddad bil var nog en bra början. Bosse flinade belåtet... men så blev han åter yr och det bultade hårdare i hans hand. Svetten bröt fram och det svartnade för hans ögon.

41

Kapitel 12.
Pennan.

Eidolf gick in och satte sig bakom skrivbordet på sitt kontor. Nu var det svalare i rummet och han var glad att han öppnat fönstret tidigare. Fast något kändes fel, han kunde bara inte komma på vad. Men när han skulle signera några papper så kunde han inte hitta sin penna. Han letade överallt men den var borta. Nu förstod han vad som känts fel och han sökte åter med blicken över skrivbordet.

– Men vad är det där? sa han för sig själv, men anade svaret. Han reste sig och stirrade på de spretiga spåren i florsockret, det som rasat av wienerbröden. Spåren var inte så tydliga men han såg vad det var. Det var stora fotavtryck från en fågel på hans skrivbord och han anade vad som hänt.

– Har den där tjuvaktiga korpjäkeln varit här och snott min Montblanc penna?!

Det var inte vilken penna som helst, utan en Montblanc Writers Edition Sir Arthur Conan Doyle Limmited Edition 1902 med ett värde upp mot 50.000:-.

Han hade hört något om att en korp flög omkring och stal värdefulla föremål på ön den senaste tiden, men att han själv skulle drabbas hade han då aldrig kunnat tro.

I vredesmod gick han till fönstret och såg ut, men någon korp såg han inte... däremot flög en skrattmås förbi och tycktes skratta åt honom.

– Måsjävel. sa han för sig själv.

Han kliade sig lite på den inlindade underarmen och stängde fönstret samtidigt som telefonen på skrivbordet ringde.

Dioden på den röda linjen blinkade så han förstod att det var något viktigt.

– Sjukhusföreståndare Maschkman. svarade han och försökte låta så auktoritär han förmådde.

– Hej, detta är Tomas Bovenhöjk från Rättsspykiatriska Regionsvårdenheten i Sundsvall.

– Det var var ett tag sedan. Vad kan jag stå till tjänst med?

Det blev en liten tvekande tystnad, vilket fick Eidolf att ana att det inte var något glädjande herr Bovenhöjk hade att komma med.

– Öh... började han försiktigt, vilket fick Eidolf att reta upp sig.

Börjar man en mening med "Öh" så är det för mig obegripligt hur man sitta så högt upp i psykiatrins herravälde. Karln skulle för böveln på sin höjd få jobba som truckförare på lastkajen.

Eidolf kunde inte låta bli att säga något som förmedlade åtminstone lite av hur han tyckte.

– "Öh" vadå om jag får fråga?

– Jo. Det är så att vi har en patient här som... öh, har varit hos oss en längre tid och enligt våra experter är det inte bra att en sådan som han vistas för länge på ett och samma ställe.

Herr Maschkman anade vart detta samtal var på väg.

– Är patienten i fråga rymningsbenägen?

– Ja.

Eftersom inte herr Bovenhöjk tycktes vilja förtydliga det han ville ha sagt fick väl Eidolf själv lägga fram orden.

43

– Det är alltså en allmänfarlig individ som ni anser vara rymningsbenägen som ni vill få förflyttad hit till oss på Gallbjärbergets Mentalvårdsinrättning?

– Ja, det är precis så det ligger till herr Maschkman.

– Det var ett tag sedan ni ville förflytta någon av era intagna till oss. Varför denna oro? Rymningsrisken är ju väldigt liten med tanke på säkerheten vi har i dagsläget.

– Ja, jo, men han har varit på andra inrättningar innan och enligt allas bedömningar så bör han förflyttas med jämna mellanrum.

– Med tanken på att du är lite fåordig och att det känns som om du inte riktigt berättar allt... så anar jag att det inte rör sig om vilken psykiskt instabil patient som helst. Vem är det ni vill ha förflyttad hit till mitt sjukhus? Är det någon jag känner till, eller vad är det som klämmer?

– Öh... Inget undgår er herr Maschkman. Jo det är så som ni säger, det rör sig inte om vilken patient som helst. Jag är rädd för att ni säkert har hört talas om honom. Han är ganska välkänd... eh, eller ökänd.

– Ja men sjung ut då människa. Vem är patienten?

– Det är Nikaros Ark.

Efter de orden blev herr Bovenhöjk tyst och så blev även herr Maschkman. Han blev tvungen att sätta sig ner på stolen bakom skrivbordet.

– Nikaros Ark!

– Öh... ja, Nikaros Ark.

Eidolf förstod nu varför Bovenhöjk betett sig som han gjort. Det fanns nog inget positivt alls som kunde utvinnas av att ha denna patient innanför sina väggar. Det enda det kunde tänkas ge var att media fick ett ökat intresse för ön och sjukhuset, och det hade han fått nog av den senaste tiden.

44

Däremot kunde han inte säga nej. Rättsspyk i Sundsvall var en meriterad vårdinrättning och om de ville ha hans hjälp så betydde det att hans sjukhus stod högt i kurs. Tackade han nej skulle det se ut som om hans sjukhus inte kunde ta hand om den värsta sortens patienter... och det var ju det den så kallade "Dårön" var känd för.

– Nikaros Ark... ja där ser man, det var jag inte riktigt beredd på, men det ska inte bli några problem. Vi tar gärna hand om honom. När är det tänkt att förflyttningen ska ske?

– Så snart som möjligt. Jag skulle tro i mitten av nästa vecka.

Det var tidigare än vad Eidolf hade trott.

– Ja men det låter bra. Det blir inga problem. Han är så välkommen. Hör av er innan bara så att vi kan förbereda inför ankomsten.

– Ja det ska jag göra. Tack så mycket herr Maschkman.

– Mmm. svarade Eidolf kort och lade sedan på luren.

Han gick tillbaka till fönstret och blickade ut över ön och vattnet runt om.

– Ja, en till dåre på den här ön kan väl inte skada. mumlade han, men det kändes inte helt rätt att lägga de orden i sin mun.

Kapitel 13.
Utbjuden.

Lemke och Katta satt på eftermiddagsfärjan som snart skulle avgå från Gallbjäre. Lemke hade överraskat Katta med att bjuda henne på restaurang inne i Hudiksvall.

– De ä tredje kexchokladen du äter sen vei kom ombeord peå färjan. De ä inte bra att äta seå mycket geodis Katrina. De ä ju bara en massa socker.

– Ja men jag är ju både hungrig och godissugen ju.

– Ja men vei ska ju på resturang. Du kommer ju inte att orka matet om du äter en massa geodis innan.

– Äh! Det är ju långt kvar innan vi kommer in till Hudik och det är ännu längre tills vi får nån mat. Men kolla vem som kliver ombord nu då. Du kanske inte får känna dig så ledig som du hoppats.

Katta bytte samtalsämne och nickade mot personen som klev ombord.

– Va ei freidens teider... Ska Rune fara från ön? De gör han ju aldri.

Lemke hade inte lust att sitta och samtala med sin chef när han för engångs skull var ledig. Och förresten så hade Rune varit på ett så himla dåligt humör tidigare idag så Lemke pratade med Katta och låtsades inte lägga märke till honom.

– Det verkar som Rune inte vill känna igen oss. sa Katta lågt.

– Va?

– Jo han tittade hit nyss, men när han såg oss så titta han bort och satte sig med ryggen hitåt.

46

– Ja då behöver ja ju inte skemmas för att ja gjorde leikadant.

När färjan lade till i Mellanfjärden körde Katta och Lemke av och fortsatte färden mot Hudiksvall.

Rune däremot hade förbeställt en taxi. Visst var det dyrt att ta taxi ända från Mellanfjärden in till Hudik, men med tanke på att han så sällan var ute på galej så fick det väl kosta lite.

– Mäh! Här har jag då aldrig ätit tidigare, och du menar att det inte finns nån riktig meny…

– Nej. Allt sköts freån mobilen. Du beokar bord, beställer mat och betalar veia Pinchos egen app. Har den laddats ner?

Katta kollade på mobilen.

– Jo nu är den nerladdad.

– Deå kan du kolla va du vill ha. Du får nog räkna meid 5-6 rätter om du skaå bli mätt.

Hon såg hastigt upp mot honom med rynkade ögonbryn.

– 5-6 rätter?! Nog för att jag kanske inte äter som en liten sparv, men hur mycket tror du jag får i mig?

– Ha, ha! Ja försteod att du skolle blei förnärmad, ha, ha. Kolla peå rätterna, de är pyttesmeåa. De e själva konceptet att man ska äta flera rätter.

Katta tittade på menyn och förstod vad han menade.

– Oj vad gulliga och små de var. Ja men nu förstår jag att jag behöver äta fler än en rätt, de är ju typ som tapas… eller va de heter.

– Säg vad du vill ha så klickar ja i på min mobeil å beställer.

– Då ska jag ha 2 planksteker, 2 oxfilépasta, 2 originalburgare och 2 fish & chips. Åh gud vad god en sån

47

där skagenvåffla såg ut då, jag måste nog ha en sån också...
ja och så en marängsviss och en créme brulée som efterrätt...
det borde väl räcka?

Lemke som tänkt att det skulle räcka med 10-12 rätter tillsammans insåg att det skulle bli betydligt dyrare än han räknat med. Som tur var hade han tagit med sig lite egen mat, eftersom det oftast inte fanns de matkombinationer som han ville ha ute på restaurangerna.

– Öh, ja. De där lär neog räcka för dig, neog för att de ä smeå rätter, men riktig seå pyttesmeå ä de inte.

– Det är nog ingen risk att jag inte orkar. Jag är hungrig som en brunstig älgtjur och skulle lätt kunna äta en par tre flodhästar. Vad ska du ha då?

– Öh... ja ska inte ha så veldans mycke. svarade han kort.

– Du måste väl också äta nu när vi är ute på trevligheter. Du kan väl inte bara sitta och titta på när jag stoppar i mig.

– Ja, ja. Ja ska äta, å ja har beställt.

Efter en stund trumpetade det på Lemkes mobil att maten var klar.

– Då kan vei geå å hemta veår mat, den ä färdig neu.

– Vadå? Kommer dom inte ut med maten till oss?

– Nej, vei får hemta den själva.

– Mäh, va är de för latjävlar som inte ens kan servera maten till kunderna? Då får då du hämta åt mig. Det ska väl kännas att man är på resturang och inte som att man är hemma och ränner mellan spisen och köksbordet.

– Ja, ja. sa Lemke och lät henne sitta.

Han fick gå fyra omgångar för att ställa upp allt hon beställt och den femte gången kom han med sin planka med endast en ynka liten tallrik på.

– Vad är det där? Är det där allt du ska ha?

48

– Öh, ja, och de ä Burrata. De ä en italiensk ost me körsbärstomat och leite ruccolasallad, toppat me basilikavinägrett.

Katta såg på alla sina små gulliga portioner som hon skulle stoppa i sig.

– Trodde du att du skulle få äta av mina rätter eller? Ska du bjuda på restaurang så får du väl se till att va hungrig... eller kom du på att du inte har råd? Du kan ju inte klara dig på det där lilla. En liten sallad och en bit ost...

Lemke såg ner mot sin mat och försökte få det att låta som om det var mer mat än det verkade.

– Jo men deu försteår heila min oppväxt seå var ja ju kanein... och deå åt ja inte seå mycket mer än sallad... men ja har faktiskt tatt meid mig leite extra.

Katta bockade sig närmare över bordet.

– Har du tagit med dig egen mat till restaurangen?

– Ja men deu veit heur dan ja e... ja vill ju ha seå speciella kombinationer som e seå svåra att få till när man e ute...

Han tog fram en tygkasse som han tagit med och försökte så obemärkt som möjligt plocka fram det han hade med sig.

Katta sa inget för hon var van vid hans skumma matkombinationer, men hon betraktade honom samtidigt som hon började äta av all sin mat.

Fyra inplastade små fat hade han med sig, på det ena fanns rökt makrill som han strödde chokladströssel över. På fat nummer 2 fanns några ägghalvor som han smälte ner hallonbåtar på med hjälp av en medhavd liten gasbrännare. På det 3:e fatet låg några morotsstänger insmorda med senap och något som Katta tyckte såg ut som kattsand. På det sista fatet fanns en lussekatt med några skivor grynkorv, toppad med Kalles kaviar.

– Man får ju nästan skämmas för dig. Vad ska du säga om dom kommer och undrar vart du fått den där maten ifrån då?

– Då gör ja seå här.

Han grävde i tygkassen igen och fick upp ett vikbart kort, som var mer brett än högt. Det syntes att han gjort det själv med förgyllda hjärtan och snirklig text som löd. "Till min älskling. Du är den bästa i mitt liv".

– Kommer nån freån personalen seå tar ja bara åpp denna och låssas läsa.

Han vecklade upp kortet som blev brett som en dagstidning men inte högre än 20 centimeter och kortet skymde hans små fat.

– Smart va?

– Smart!... Ja kanske det, men det får ju mig att känna mig skitdum. Ska jag sitta här och gotta mig på din bekostnad... och du själv tar med dig en massa skit hemifrån, man skulle kunna tro att du är snål.

– Sneål e ja väl ente? De e ju ja som bjeuder.

– Ja men det hade känts bättre om du också beställt mat och inte hade en egen matkasse med dig.

– Ja, ja. Neu låter vei maten tysta mon. Ja älskar dig Katarina Tinderlond. sa han och tröck sedan in en ägghalva i käften.

Katta insåg att man inte skulle behöva skämmas för vuxna människor och hon kunde ju inte rå för att han hade med egen mat. Däremot så kunde de kanske skynda sig lite så ingen hann upptäcka hans egenkombinerade tapas.

Kapitel 14.
Överraskning.

Det var Leilas skift nu men Markel var ändå nere hos henne i vaktstugan. Hon satt vid luckan och Markel hade precis gjort klart några mackor i personalköket och var på väg ut till henne.

– Ja men då hoppas jag att ni får det trevligt när ni hälsar på Märta där inne.

Han kunde höra hur trevlig hon lät på rösten, ja nästan tillgjord, och han stannade upp i dörröppningen till vaktrummet. Det var två äldre herrar som gick armkrok med sina fruar och de log glatt åt det trevliga fruntimret i vaktluckan. Fruarna såg inte riktigt lika glada ut. Leila stängde luckan och såg när de gick mot grindarna som hon öppnat åt dem.

– Värst vad du låter trevlig mot dom där gammeluvarna då. Håll inte på så du får nå svartsjuka kärringer efter dä ä.

Leila snurrade runt med stolen och hon hade fortfarande ett stort leende och såg väldigt road ut, men... det var inte leendet som Markel reagerade på.

– Vafan! Sitter du mä hela höna framme?

Leila hade dragit upp den ljusblå klänningen med de små skära grisarna ända upp till ljumskarna och som vanligt hade hon inget under.

– Ja, det är jätteroligt. Jag tänker så här... tänk om dom där gubbarna vetat att jag satt här inne och visade upp hela "härligheten" som du brukar säga. Undra vad dom skulle göra då... om de visste det?

Markel fick inte mål i mun.

51

– Det som är ännu roligare är att när jag är trevlig mot karlar som har kvinnligt sällskap så blir kvinnorna oftast surare ju trevligare jag är mot karlarna. När jag fantiserar om hur arga dom skulle bli om deras karlar såg hur jag satt här helt natu, naturl... naturellig, då blir jag glad och vill skratta. Och folk gillar när man är glad... och att sitta här och visa gullvivan för folk som inte ser den gör mig glad... och då gör jag mitt jobb bättre eftersom folk gillar glad personal i vakten.

– Ja men du sa ju nyss att du tyckte dä va rolit när du gjorde karlarnas fruntimmer sura. Gör du dom sur så ä väl inte dä nå bra ä!

Leilas leende falnade lite.

– Öh, ja men...

– Du läre väl för fan sluta mä å sitta å visa geggvecket för folk... även fast dom inte ser et'. Å om två karlar blir gla, men samtidigt har du fått deras kärringer å bli sur så går dä ju på ett ut. Dä vore ju bättre om du fick alle fyra glaá, dä ä först då som du gör nån skillnad liksom.

– Går på ett ut? Vem går ut... på ett... ett ut...ute?

– Va?

– Du sa "men samtidigt har du fått deras käringar att bli sur så då går de ju på ett ut". Vadå... vem går ut en gång?

– Äh, skitsamma dä ä bare nå som man säger. Dä blir liksom ingen skillnad om lika många blir sur som dä ä som blir gla.

– Jaha...

Leila drog ihop sina lår och drog ner klänningen över knäna.

– Blev du sur på mig nu Markel? sa hon efter en liten stund och såg ynklig ut.

– Nää, inte sur...

– Men jag skulle aldrig visa dom gullvivan om de kunde se den på riktigt, så egentligen har jag ju inte gjort nåt fel.

– Nä på sätt å vis inte, men skulle du tycka dä va rolit om ja satt mä "Präktige Pontus" framme å lät han hänga å dingla så fort dä komma nå kvinnfolk å villa in.

– Präktige Pontus... Vem är det?

– Ja men Enögde Evert då...

– Va?

Leila var helt oförstående.

– Kobran Kurt, Harry Hasselsnok, Grytgrävarn eller Lårviks Ålen...

– Menar du Petter Niklas?

– Ja... fast dä ä ju ett uttjatat namn så dä ä roligare å säga nå eget.

– Ja fast då är ju risken att ingen förstår vad du menar.

– Skitsamma. Skulle du tycka det var roligt om ja visa snabeln för alla damer som kom förbi.

Hon tänkte efter en stund.

– Ja... om du gjorde det så som jag gjorde det... alltså i smyg, då skulle jag tycka det var roligt. Och tänk dig hur dom skulle reagera om dom visste.

– Ja då skulle dom nog ringa snuten eller nån fläskbroiler till pojkvän som kom å gjorde fågelmat av mä.

– Äh, sluta... va har du där förresten?

Hon nickade mot mackorna han hade på fatet.

– Jo ja tänkte överraska mä å bju på nåra mackor. Ta-Da! Dä va väl snällt och gentlemannamässigt av mä va?

Leila tog emot en macka och nickade lite lätt, men hon såg inte så där sprudlande nöjd ut.

– Dä ä ju baguette mä brieost å salami som du giller.

53

– Jaha... ja Lemke skulle bjuda ut Katta på restaurang inne i Hudik ikväll. Jag gissar att hon får något mer ekluskift än en macka.

– Exklusivt, heter dä.... Vadå? Vill du jag ska bju ut dä i Hudik eller?

– Nej riktigt så långt vågar jag mig inte. Jag trivs fortfarande inte i större folksamlingar, och det känns otrygg att åka från ön. Så jag vågar nog inte ta mig in till fastlandet... inte än i alla fall.

– Nä, men ja kan ju försöka å hitta på nå hänne på ön... som en överraskning till dä om du vill.

– Jaa! Jag ska få en övre raskning!

– Överraskning... rättade Markel, men kom av sig då hon reste sig och raskt drog ner hans byxor till knävecken.

– Nu ska du få dig en övre raskning. sa hon, och han hade inte några invändningar mot det.

Kapitel 15.
Krogsvängen.

Rune Stålblom som inte alltför ofta tog sig en krogrunda hade blivit avsläppt på Folkan, men där fanns ingen pub längre och det var stängt. Ett stenkast därifrån låg i alla fall Stadshotellet kvar, eller Statt som det kallades. Efter bara en öl och en 6:a whiskey gick han därifrån. Det var för övrigt för mycket snorungar där ansåg han.

På Hamngatan nere vid Möljen såg han sig omkring. Det var så mycket som hade förändrats.

– Uschäkta! Le Bistro... finns inte dä kvar dä ä?

Frågan ställde han till ett medelålders par.

– Le Bistro, ha, ha. Nä det var säkert 20-25 år sedan de la ner, om inte mer. sa mannen.

– Å fy fan!

Han såg mot byggnaden som var full av minnen från hans ungdom.

– Var noscht kan man gå å ta sä en stänkare öm man inte vill ha en jävla massa småglin söm ränner runt fötterna på en? Ett ställe där dä inte ä så in i helvete mä ösch å massa småongar.

– Ja du... jag vet inte. svarade mannen lite fundersamt.

– Ja men PK's då. Där är det ju trevligt och lite lugnare. sa kvinnan.

– Va fan ligger dä då?

– Det är gamla Hotell Temperance... om du vet vart det är?

– Jo men dä vet ja.

Rune gick dit och även om det var renoverat och lite omgjort så var han bekant med det gamla hotellet. Han och

Birgit hade sovit där en natt när de var unga och de inte tagit sig tillbaka hem till Nordanstig.

Personalen var trevlig och eftersom det bara var Torsdag så var det inte så mycket folk. Rune hoppades få vara ifred vid den lilla baren. Han gillade att vara anonym och att sitta för sig själv. Folk som gick ut för att vara social förstod han sig inte på. Nej han ville inte bli störd av en jävel. Det blev han inte heller... vilket kanske inte var så konstigt då han gjorde sitt yttersta för att se så sur och ogästvänlig ut som möjligt. Det var en färdighet han ägnat ett helt liv åt att bemästra, så det var han bra på. Han njöt av att känna sig som en främling, en främling man inte ville störa.

Det blev några whiskeypinnar och några bärs, tiden gick och han mådde förträffligt. Ett tag funderade han på om han kanske skulle övernatta på hotellet. Men det var en dag i morgon också och Skrikmåsen skulle behöva honom.

Han beställde ytterligare en 6:a whiskey och en stor stark av den blonda trevliga kvinnan i baren. Efter att han tömt glasen betalade han och tackade för sig.

Han var en man som föredrog kontanter och förstod inte vad det var för fel på världen när inte ens bankerna ville ta emot riktiga pengar nu för tiden. Han däremot behövde fylla på plånboken om han skulle ha råd med taxiresan hem. Att betala med kort gillade han inte. Cash is king var hans motto.

Det var inte så mycket folk ute, det var det fina med mindre städer. Ville man slippa folk så bodde man på landet eller i en liten stad. Hur folk ens kunde vilja åka igenom en storstad begrep han inte, mycket mindre att bo i en.

Efter att han hämtat ut önskat belopp på bankomaten utanför Sparbanken kände han att han behövde lätta på

56

trycket innan han beställde en taxi. Han kunde nog gå på baksidan av Museet som låg mittemot för att tömma blåsan.

Han skulle just öppna gylfen då han såg några ungdomar komma, de kanske också behövde lätta på blåsan. Rune gillade inte ungdomar och han ville absolut inte pinka tillsammans med dem. Han beslutade sig för att byta plats. *Ja den sista whiskeyn kanske ja inte hade behöft. Dä snurrer då skaplet i skallan nö.* tänkte han och gick över parkeringen och ut på Sundsesplanaden mot Bergströms Musikaffär... eller där den brukat ligga. Nu fanns inte den heller kvar, och det var nya verksamheter i lokalerna. På hörnet i den före detta Järnaffärens lagerlokal fanns nu en Tatueringsstudio. Rune fnös.

– Höh, dä ä då väl fan att inget få va som dä ha vare. Tatueringsstudio mitt i stan! Ja jävlar!

Rune som rest jorden runt som sjöman hade sett åtskilliga Tatueringssalonger runt om i världen, den ena värre än den andra. De hade alltid legat i de sämre distrikten, och ofta i anknytning till hamnarna. Att det skulle dyka upp en Tatueringsstudio mitt i Hudiksvall hade han då aldrig kunnat tro.

Bakom Åhlens-parkeringen mot kanalen fick bli hans nya pinkställe. Fast Åhlens fanns inte heller kvar, men parkeringen fanns där, även om den också var omgjord.

Han lättade på trycket i skydd av ett litet skjul som förmodligen var en elcentral. När han nästan var klar hörde han att det kom någon... eller några.

– Du jävla svenne-gubbe, hit med stålarna va! Vi såg du tog ut cash mannen.

Rune skakade av apparaten, stoppade in den och tog ett djupt andetag. Han visste vad som var på gång, han hade som

57

sagt rest jorden runt och han hade blivit rånad många gånger... eller rättare sagt, det var många som försökt. Och det på värre och farligare platser än i lilla glada Hudik.

Han vände sig om och såg fyra små knattar som han gissade knappt var fyllda 20. Alla bar huvtröjor och joggingbyxor. De två som var närmast hade nån slags halsduk eller krage som täckte halva ansiktet, men av språket att döma var de alla inflyttade.

– Va säg du flá? Prata rektet så man begrip va du säger.

– Va jiddrar du om mannen? Håll käft och hit med cashen va, annars vi dödar dig... Fattar du va?!

– Fattarduva?... Va ä dä för en duva rå?

– Va?

Ungdomarna var inte beredda på något konstigt dialektprat, de var vana vid att folk hostade fram pengarna fortast möjligt.

De två som stått lite längre ifrån, förmodligen för att hålla uppsikt kom nu också närmre och den som stod mittemot Rune tog i en hastig rörelse fram en butterflykniv.

– Pengarna, jävla snack-gubbe!

Rune visste att han inte var någon ungdom längre och att tiderna förändrats, att heder och moral inte längre existerade i slagsmål. Förr slog man inte folk som låg ner, och flera gav sig aldrig på en ensam oskyldig person. Nu skrevs det i tidningen om gängvåld där hela klungor av missanpassade skitungar hoppade och stampade på offret tills de dog. Rune visste att han var full, och han uppfattade att grabbarna var nyktra. Han hade dåliga odds men han hade aldrig vikt sig och backat ur ett slagsmål tidigare så han tänkte då inte börja med det nu.

Rune hade en så kallad gubbkeps på sig, han tog av den och sträckte den mot grabben med kniven.

58

– Pengar! Ingen jävla mössa mannen! skrek killen. Men Rune kunde urskilja en liten osäkerhet i rösten.

– Vet ni inte att man läre ta åv sä mössa öm en ska slöss?

Ingen förstod riktigt vad gubben sa på sitt gamla hälsingemål, men så kastade Rune kepsen med en snärt rakt i ansiktet på killen med kniven. Sen greppade han tag om grabbens handled, vred den kraftigt och drog pojken emot sig samtidigt som han mötte upp hans huvud med en skallning rakt över näsan. Ett krasande ljud hördes, men inget skrik för grabben tuppade av direkt. Rune tog vara på rörelseenergin och snurrade runt grabben och kastade in honom i den som stod närmast så båda föll till marken.

De andra två kom emot Rune men de var inte snabba nog, de tvekade. Kanske var det för att de såg något de inte sett hos någon av deras tidigare offer. De såg en glimt av inre glädje, ett rus, en iver i att få vara med om just detta.

En av killarna hade nog tränat nån kampsport för han snodde runt och skickade en spark mot Rune som precis hann rygga undan. Men samtidigt grabbade Rune tag om fotleden på karatekillen och drog iväg en pungkrossarhöger allt vad han kunde rakt i skrevet på honom.

– Ha ingen läscht dä att dä ä fegt å spaschka ä? Slöss du fegt så gör ja dä å, så skyll dä själv ungjävel!

Det kanske var lite dumt att börja prata, för nu kom den fjärde killen emot Rune och lyckades träffa honom med en höger över kinden. Det sjöng till i skallen, men Rune var van och hårdhudad. Han hade vunnit oräkneliga gatuslagsmål och tjänat ihop en mindre förmögenhet på att ge folk stryk och samtidigt lärt sig att ta en smäll eller två. Nej, Rune skyndade att ge tillbaks så fort han kunde och lät sina råbarkade ärrade gubbnävar vina genom luften. Det blev schackmatt och ligisten stöp i backen tillsynes helt livlös.

Killen som ramlat omkull ville inte vara med längre.

– Va fan mannen, vi skoja ju bara. Jag ska dra. Lugn fan! Han höll upp händerna och backade bort från platsen.

– Ja dra du mäns du kan, för få ja tag i dä så slör ja ihjäl dä!

Grabben såg ut att backa, men så dök han ner på backen efter kniven som den första killen tappat.

– Nu ska du dö jävla svennefitta!

Rune hettade till och gick till attack. Oftast trodde inte den som var beväpnad att en obeväpnad skulle anfalla. Det kunde ge ett övertag.

Killen var inte beredd på det och han vände på klacken och sprang. Rune insåg att han inte kunde hinna ikapp men såg att grabbens mobil låg kvar på marken där han legat. Rune tog upp den och kastade den efter den flyende kombattanten.

– Skant´ du ha mä dä glåmskärmen din ä?!

Rune hade varit en jävel på att kasta pil, han hade fått mycket träning på alla de barer han varit på. Att kasta en mobil var inte mycket svårare.

Pang, tjong sa det och grabben fick mobilen rätt i bakhuvudet och flög med huvudet rakt in i väggen på Tatueringsstudion och blev sedan liggandes stilla på marken.

Öm skithögen dör kanske döm hitter mine fingeråvtryck på mobilen? tänkte Rune som började nyktra till och insåg att det här kanske inte var så bra. Han gjorde nog bäst i att inte lämna några spår.

Han plockade upp sin keps och den spräckta mobilen som låg intill rånaren.

– Va håller du på med? hördes en röst inte långt ifrån honom.

Kapitel 16.
Dag 2. Fredag 2:a September.
Notisen.

Att Rune varit med om något märktes lång väg när Lemke kom till Skrikmåsen nästa morgon.

– Heur meår du Rune? Du ser leite svollen eut peå kinden.

Lemkes skånska stämma lät snäll och mild.

– Ja inte ä dä nå fel på mäg ä, dä va bare en liten fjollsmäll.

När Lemke och Katta ätit klart på Pinchos och gått ut till bilen hade de hört ett tumult i närheten av kanalen. Lemke hade skyndat dit och kikat över parkeringsmuren. Han hade förstått att den äldre mannen var i livsfara och skyndat dit, men inte vågat gå för nära. Han ville ju inte själv bli ihjälslagen men hoppades att ligisterna skulle lämna mannen i fred när de såg att det kom vittnen. Katta var så mätt att hon inte orkat springa alls.

När Lemke insett att det var Rune som var den äldre mannen och att det var han som spöat skiten ur de fyra ungdomarna blev han först chockad, men så hade han förstått att det nog var bäst att avvika från platsen för att slippa efterföljder. Hur illa tilltygade ynglingarna var struntade han i, han hade retat upp sig så pass länge på gängrelaterade rånöverfall och misshandel att han tyckte det var lagomt åt dem. Däremot måste Rune försvinna från platsen omgående. Lemke hade hastigt men bestämt tagit Rune med sig till bilen och åkt direkt till färjeterminalen i Mellanfjärden, där hann de precis med den sista färjan. När de stod på däck kastade Rune ligistens mobil i havet.

– Du ser eut att meå ganska bra med tanke peå att du var rätt dragen igeår.

– Har man öschk å va full så ska man ha öschk å jöbba dan etter å!

– Seå sant, men inte alla leiver efter de princeiperna.

– Nä för dä finns ingen arbetsmoral å pliktkänsla kvar. Minsta lilla motgång så ska dä sjukskrivas å stannas hemma. Dä ä bare pjål å joll nu för tin.

Lemke kände sig tvungen att fråga, för de hade inte pratat så mycket om incidenten på väg hem då Rune hade avstyrt alla frågor.

– Försökte de råna dig?

Rune förstod att han nog borde säga nånting för att få det hela ur världen.

– Ja jag hade tage ut taxipengar från bankomaten å sen följde döm där snörongarna etter. Döm skulla mörda mä mä kniv öm ent' döm fick pengarna åv mä.

– Du hade en himla tur som klarade dig seå bra. Fyra meot en ä inga bra odds.

– Tur?! Dä ha ingan mä tur å gö! Dä där va oerfarna småpöjkar, å ja ha vare mä föör ja.

– Jeo de ä neog sant.

Lemke satte sig vid datorn och gick in på Hudiksvallstidningens hemsida.

– Fyra ungdomar peåträffades sent igeår kväll sveårt misshandlade. Tveå är fortfarande medvetslösa. De är teidigare kenda av poleisen som treor det har att göra meid en gänguppgörelse. Ingen av de misshandlade vill säga nåt om va som hänt. Poleisen tar gärna emeot vittnesoppgifter till händelsen.

63

– Ja gisser att snörongarne inte vill skryta mä att döm feck stryk åv en gammgöbbe. sa Rune och log lite lätt.

– De treor ja osså. sa Lemke.

– Va fan ä dä mä ungdomarna nu för tin egentligen? Iställe för å skaffa sä jöbb å tjäna pänningar så gadder döm ihop sä i gäng å råner vanlet hedelet fölk. Vant´ dä nån onga hänne från ön som dog i nån gänguppgörelse för nå år sen?

– Ja veit inte, men dä ä mycket möjligt. svarade Lemke och funderade lite för det kändes bekant på nåt sätt.

Kapitel 17.
Lunchträff.

De hade bestämt träff vid färjeterminalen. Lennart Bälderskog blev glad av att se Lotta som redan stod där och väntade på honom.

– Och här står du och väntar på mig, vad glad jag blir. sa Lennart med ett leende.

– Ja ja kömma i ti ja. Vi skulla ju mötas för 10 minuter sen.

– Har du glömt en tia och vi skulle få böta för 10 minuter sen?

– Spar du på batterina nu igen, snåljävel...

– Nää, jag tar inte på nån ballerina. Åljävel? Varför kallar du mig för åljävel? Det är väl inte snällt.

– Ballerina! Tänk, du kan då få allt tell nå som ha mä fruntimmer å göra du.

– Marina? Ett stänk som kan få allt till nåt som har med brunt timmer att göra? Nu förstår jag inte riktigt vad du menar Lotta?

– Du borde väl för fan ha lärt dä att när du inte hör va fölk säger så ä en där skitgrejen åv. snäste Lotta och pekade mot sitt öra.

– Har bordet närt dig så du inte hör vad folk äger... slipgrejen? Nä nu pratar du då bara gallemattias.

Eftersom hon bara pratade strunt så tog han sig för örat och i samma veva mindes han att han hade hörapparaterna på sig. Han fipplade en stund och lyckades slå på dem.

– Jag hade glömt att knäppa på dom.

– Ja dä ä däfför du ä så jädra snål dä. Ge fan i å stäng åv döm hele tin!

65

– Ja, ja. Du behöver inte låta så arg. Det är normalt att glömma så här på ålderns höst.

– Ja ä väl gammal ja å, men inte fan glömme ja boscht saker lika ofta söm du glöm å häv på döm där jävla dövgrejerna ä!

Lennart kände sig lite skamsen. Denna diskussion hade de haft flera gånger förut och han kunde hålla med henne. Det var bara en gammal ovana att han stängde av hörapparaterna för att spara på batteri. Han hade varit ensam så länge och då hade det inte funnits någon anledning att ha dem på. Han brukade knäppa igång dem först om han gick på affären eller skulle ut bland folk, men på senare tid så glömda han hela tiden bort om de var av eller på.

Lotta anade att hon nog låtit lite väl brysk. Lennart skulle ju bjuda ut henne. Han skulle ta henne med färjan till Mellanfjärden och de skulle äta lunch på Restaurang Sjömärket. Hon beslutade sig för att försöka vara lite gladare. Det hörde ju inte till vanligheterna att en gammal kärring som hon blev utbjuden, och hon ville ju gärna att det skulle ske fler gånger.

– Ja men lätt döm va på nu då så ja slipp bli sinnig på dä när du inte hör va ja säger. Ja vill ju kunna prata mä dä när du ä så snäll å bjur ut mä på fin lunch.

Lennart sög åt sig av hennes leende men han undrade vad hon tittade mot. Hennes blick riktades mot något strax bakom honom och leendet försvann.

– Va ska en där hittens å gö då?... Å va fan höller han på mä?

Kapitel 18.
Två stycken.

Bosse Fjord vaknade upp lite omtöcknad. Han fann sig ligga i ett annat rum än det han blivit omplåstrad i. En sköterska stod och bläddrade i en journal men när hon såg att han kvicknade till kom hon fram till honom.

– Hur känns det Bosse?

– Öh, jo det känns skapligt. Vad hände? Jag minns bara att jag blev yr.

– Ja du svimmade igår. Du hade fått en ganska kraftig infektion i fingret.

– Igår? sa Bosse och blev genast lite orolig. Hade han tuppat av och legat avsvimmad ända sedan igår? Han anade oråd och lyfte på sin bandagerade hand. Den kändes öm och något kändes annorlunda.

– Infektionen hade spridit sig så vi blev tyvärr tvungna att avlägsna ringfingret också.

När han tittade efter såg han att både det inlindade lillfingret och ringfingret såg väldigt korta ut.

– Har ni klippt av ringfingret också? flämtade han.

– Ja tyvärr, det fanns inget annat vi kunde göra. Fast du har tur att det bara blev ett finger... det kunde ha blivit hela handen. Men jag har lite goda nyheter också. Jag fick precis höra att din eldrivna rullstol är lagad. Det är ju tur nu när du inte kan använda handen på ett tag.

Bosse lyssnade inte så noga på vad hon sa, han tänkte bara på sina saknade fingrar och vad han hade gett sig in i.

– Jävla skithäxa! svor Bosse.

– Vad säger du? sa sköterskan förskräckt.

67

– Va!... Nä, jag menade inte dig. Det var en annan kärring jag menade.

– Och nu kallar du mig för kärring. Höh!.. Synd att doktorn inte kapade hela armen på dig. sa hon förnärmat och gick ut ur rummet.

Bosse brydde sig inte om att han retat upp sköterskan, han hade annat att tänka på.

Han hade anlitat Spott-Åsa för att göra livet svårt för Snut-Knut. Nu hade han mist två fingrar på grund av det. Var det värt det? Det kändes inte som det. Knut hade ju bara fått en bil förstörd... eller hade det hänt honom något mer medans han legat medvetslös?

– Hallå!... Kan nån komma hit?! ropade han och tryckte på den röda nödknappen som hängde i en sladd vid sängen.

Strax kom en annan sköterska och undrade hur det var fatt.

– Det är bra. Men hur är det med den där Snut-Knut?

– Snut-Knut?... Vem menar du? undrade hon.

– Har det hänt den där snuten nåt? Knut... Har han skadat sig?

Sköterskan såg ganska oförstående ut men hon svarade så gott hon kunde på hans fråga.

– Öh... jag hörde att han varit med om en olycka med bärgaren igår, men han klarade sig bra. Det var bara bilen som blev skrot.

– Har han inte varit med om nån mer olycka?

– Öh... nä inte vad jag vet.

– De va då väl fan också! Då kan du gå, jag behöver inte dig mer.

Han såg mot henne och lade märke till att hon såg rätt så bra ut, så han tillade.

– Om du inte har lust att klia mig i skrevet. Du förstår att det är lite bökigt med den här handen.

– Du har väl en till hand. svarade hon och vände snabbt på klacken och gick.

Det känns som jag får lida mer än den där snutjäveln... Eller är det bara jag som är otålig? Det kanske tar sin tid det där? Isåfall är det ju bra att hans lidande blir utdraget.

tänkte Bosse och försökte ge sig till tåls.

Kapitel 19.
Värre än en hund.

David Zletter klev ur sin bil vid parkeringen intill färjeterminalen. Det var för varmt för att vänta på färjan i bilen.

Han öppnade upp kavajen och knäppte även upp ytterligare en knapp i skjortkragen medan han speglade sig i bilrutan. Han gillade det han såg. Den solbrända hyn, det blonda håret där luggen käckt hängde ner över halva solbrillorna av märket Ray-Ban. Han var snygg... riktigt snygg. *Jädrar va varmt det är idag...* tänkte han och pustade. Det kändes nästan varmare ute än inne i bilen. Han kanske skulle ta av sig kavajen. Sekunden senare hade han låst upp bilen och kastat in kavajen på passagerarsätet.

Han gick iväg en bit närmare kajen i förhoppning om att det skulle komma en svalkande bris från havet, men han tyckte snarare att det blev varmare. *Äh. Jag klär av mig. Det är ju sommar.* tänkte han och kände sig lite korkad som inte gjort det med detsamma.

Han tog av sig skjortan och hängde den över ett stålräcke intill vägen. Därefter tog han av sig skorna, strumporna och byxorna. Nu hade han bara sina boxerkalsonger på sig.

– I feel good! Da, da, da, da, da, da, da! sjöng han helt plötslig.

Inte var dag jag sjunger ute bland folk, och inte var dag jag klär av mig heller.

Tanken roade honom och han kände sig lite så där crazy som en del ungdomar brukade säga.

Han såg en gammal tant och en minst lika gammal gubbe stå intill järnräcket en bit bort. Tanten stirrade föraktfullt mot honom.

– Nu du tanten ska du få se på nåt snyggt, säkert det snyggaste du någonsin sett. sa han till sig själv.

Han dansade mot tanten och juckade med höfterna och ännu en galen impuls kom över honom. *Nu ska hon få se på annat än en skrynklig gammal gubbe med toppluva. Det här kommer hon att gilla.*

David tog av sig kalsongerna och snurrade dem över huvudet på ett finger samtidigt som han fortsatte att jucka. Han nynnade högt på "I feel good" och rörde sig så sexigt han kunde i rytmiska rörelser.

– Men nu jävlar
går sardinerne åpp på torre land!

– Är det sardiner uppe å går på land? Nä nu hör jag nog fel igen. Jäkla batterier. muttrade Lennart, men tystnade när han vände sig om.

– Vad är det där för en jädra luftjuckare? sa han bestört.

– Ja dä ä väl nån sån där kåsigan blottare, eller nudist eller va dä heter fla. Va fan kömmer'n hittens för? Hörru du ditt pervo! Köm inte hittens å jucka mä en där solbrända skinnbiten ä! Ska du hölla på på dä där vise så få du gå nån annenstanns.

Trots att Lotta rev i rejält så verkade inte den solbrända stekaren bry sig. Han kom närmre och närmre med sitt dinglande mittenparti.

– Den där är ju värre än en hund. snäste Lennart och började bli arg han med.

Han kunde ju inte tolerera att en karl klädde av sig naken och juckade mot hans Lotta... även om hon inte var hans

71

än... men han ville ju att hon skulle bli det. Vilken sorts man vore han om han inte försvarade henne mot perversa luftjuckande dårar, även om de var 50 år yngre än honom själv.

– Går du igång nu tanten? En sån här snygging har du väl aldrig sett nångång va? Lennart förstod att nu var det dags att ge på den där jäveln även om han själv skulle åka på stryk. Han kavlade upp skjortärmarna och skulle just gå emot honom då Lotta puttade honom åt sidan.

– Hörrö du du, ta åv dä solglasögena när ja prater mä dä!

– Det kan jag väl göra damen. svarade David och föste upp dem på huvet så luggen följde med och ansiktet blev fritt.

– Så där ja. Bra. sa Lotta.

– Vad är det som är så bra med det då? Gillar du mina ögon? sa David medans han fortsatte med sina höftrörelser alldeles framför henne.

Lotta tog i och gav honom ett knytnävsslag rätt över näsan så han flög bakåt och landade på ändan.

– Jo ja ha fått lära mä att dä är fegt å slö nån söm ha glasiga på sä. Dä va dä söm va bra... att du tog åv döm. Nu ä dä du söm klär på dä... annesch busser ja Lennart på dä, å han ä inte nådig å tass mä han ä!

Lennart blev paff. Först över den klockrena högersvingen hon delat ut, och sedan över att hon hotat med honom. Han kände sig hedrad och ställde sig i en sån där klassisk gubb-posé med knutna nävar.

Kapitel 20.
Blottare.

Leila satt vid datorn och mumsade hallonbåtar medan hon kollade nyheterna på webben. Så skrattade hon till.

– Vad är det som är så roligt? undrade Knujt.

– Det står att fyra kriminella, av polisen kända ungdomar har hittats nedslagna i Hudik. Men polisen har inte fått in några vittnesuppgifter och ungdomarna vill inget säga om händelsen. Gud vad roligt, hoppas att dom försökte råna nån karateexpert.

– Ja, eller en gammal gubbe som kan slåss. tillade Katta.

Knujt och Leila såg lite undrande på henne, men hon sa inget mer. Hon och Lemke hade lovat varandra att inte tala med några andra om incidenten. Precis då ringde telefonen i vakten och hon passade på att ta den så hon slapp förklara sig. Hon satt tyst en stund och blev rödare och rödare i ansiktet tills färgen var slående lik hallonbåtarna i Leilas påse. Strax därpå la hon på luren.

– Men nu jävlar tror jag jag smäller av. Nu är det nån satans "Gubb-Gubbe" som håller på blotta sig och springer omkring naken och juckar omkull folk borta vid färjeterminalen. Det är då en jädrans tur att du har den riktiga polisbilen Knujt för nu jädrar ska du och jag åka med blåljus och sirener dit bort och sen ska vi spöa skiten ur den jäveln!

Knujt visste inte om Katta lyckades säga allt det där i ett enda andetag, men han var imponerad över hur orden flög ur käften på henne.

Egentligen tyckte han att Katta var rätt så rolig när hon hela tiden eldade upp sig så fort nån gubb-gubbe gjort nåt

73

sexistiskt eller annat stötande. Det tråkiga var att han hela tiden fick försöka hålla sig allvarlig och försöka lugna henne.

– Om du har för avsikt att spöa skiten ur en misstänkt så får du inte följa med.

Knappt hade han sagt det när Leila skyndade sig att inflika.

– Då kan jag följa istället. Jag skulle vilja se en naken brottare, för en sån har jag aldrig sett. På tv har dom alltid baddräkt på sig och det tycker jag inte är så snyggt på killar.

Både Knujt och Katta kom av sig och stirrade på Leila. Knujt höll på att börja skratta, men Katta var på för dåligt humör för att uppfatta något roligt alls.

– Blottare Leila, inte brottare. Och nej du vill inte se en blottare, för ingen vill se en blottare. Det är bara perversa gubb-gubbar som tror att vi kvinnor blir upphetsade av att se okända karlar som visar upp sina kön. Usch och fy sjutton vilka äckel det finns!

Lelia bearbetade det Katta nyss sagt.

– Men jag vill gärna se okända nakna karlar. Det är ju roligt med nakna karlar. Jag har ju bara sett Markel på riktigt och skulle gärna se en sån där... blottar-blottare.

– Du får stanna i vakten för jag ska följa. Slutpratat om det! sa Katta. Och så blev det.

74

Kapitel 21.
Skamsen stekare.

Katta hade hoppats att äckel-snuskot skulle stått kvar ute bland allmänheten naken. Det hade gett henne större anledning att få ge på honom. Men nu var det bara några som samlats runt Lotta Brysk och den där lomhörde Lennart. Någon blottare syntes inte till.

En ur personalen på terminalen vinkade åt Knujt och Katta när han såg dem komma med polisbilen. Knujt hade inte tillåtit Katta att använda vare sig sirener eller blåljus, han tyckte det gav uppmärksamhet nog med en målad radiobil. De gick in i terminalbyggnaden och blev visade till ett kontor där en solbränd ung man satt med blodiga papperstussar i näsborrarna. Han hade i alla fall kläder på sig nu. Varken Katta eller Knujt visste något om mannen mer än att de sett honom på ön förut.

– Så här sitter du och slickar dina sår. Lagom åt dig. Du hade tur att inte jag var här, för då hade du fått stoppa papper i hela halsen... för jag hade slitit skallen av dig.

– Lugna dig Katta. sa Knujt och försökte låta bestämd och allvarlig, men helst skulle han ha velat skratta högt åt hennes utlägg.

– Jag är inte nån blottare om ni tror det. Jag fattar inte vad som hände egentligen.

– Inte en blottare?!... Vad fan ska man kalla en som klär av sig naken och går runt och luftjuckar som en hund mot äldre damer... och herrar? snäste Katta.

Den terminalanställde hade informerat dem om vad som hänt så de var lite mer införstådda nu.

75

– Jag fattar hur det ser ut och jag fattar att jag inte kan sitta här och skylla ifrån mig. Jag vet bara inte hur jag kunde göra det jag gjorde. Jag kommer att bli avskydd av alla. Jag kommer aldrig att våga visa mig ute igen.

David hade tårar i ögonen och såg genuint skamsen och förtvivlad ut. Knujt funderade lite över det han sagt och fick en känsla att något inte var riktigt rätt med det här blottarfallet.

– Du fattar inte varför du klädde av dig naken och... gjorde det du gjorde mot Lotta? undrade Knujt.

David såg upp mot honom.

– Det enda jag kan tänka mig är att jag fått solsting.

– Solsting! Pyttsan. Tror du vi går på den lätta... avbröt Katta.

– Katta! Nu får du lugna dig eller så får du sätta dig i bilen! röt Knujt. Katta tystnade.

– Fortsätt David...

– Ja det är så konstigt, för det kändes helt naturligt att göra det jag gjorde. Jag reflekterade inte över att det kunde ses som stötande och perverst. Nu gör jag det. Jag förstår precis hur jävla sjukt jag betedde mig. Det är det som är så knäppt. Hur kunde jag ens få för mig att göra en sån grej och samtidigt tycka att det var helt normalt.

– Därför att du är en gubb-gubbe som är sjuk och ville visa upp din lilla skinnbit för oskyldiga damer i 80-årsåldern. sa Katta, men tystnade när hon såg Knujts blick.

– Så när du klädde av dig så tyckte du inte att du gjorde något konstigt?

– Nej, det kändes helt normalt.

– Och vad fick dig att... öh... jucka mot Lotta? Hur kom du på den idén?

76

David såg lite fundersam ut och tänkte efter en stund innan han svarade.

– Ja det är märkligt. Jag fick för mig att hon skulle tycka det var trevligt. Jag trodde verkligen att jag gjorde en god gärning, något som hon skulle uppskatta. Hur kunde jag tro det? Nu skulle jag aldrig ens komma på tanken. Det måste ha varit solsting... eller värmeslag.

– Vi går inte på det där. Du är ju sjuk. Värmeslag... Pöh! Isåfall skulle världen krylla av perversa satar som gick naken och juckade runt överallt så fort det var sommar och varmt.

– Nu får du vara tyst en stund Katta, eller gå och ta några vittnesuppgifter. sa Knujt och Katta tystnade återigen.

– Hur kände du dig innan du började klä av dig David?

– Öh, ja jag gick ur bilen för att få lite luft. Det blev så varmt att sitta i bilen och jag ville inte ha den igång med ac'n på. Då kommer det alltid nån miljömupp och klagar.

– Så du gick ur, och sen?

– Jag började klä av mig... mer och mer tills jag var naken... och sedan... ja så juckade jag framför henne tills jag fick en smäll.

– Okej, och det fick dig att sluta upp med... ditt förehavande?

– Ja. Efter den stjärnsmällen så klarnade allt och jag insåg vad jag gjort. Jag skämdes så väldigt så jag önskade att hon gett mig en höger innan jag hunnit ta av mig kalsongerna.

– Hade det varit mig du attackerade så hade jag klappat i för dig så fort du tagit av dig skjortan. inflikade Katta, men med en lite lägre och mildare ton för att inte chefen skulle bli så sur och skicka ut henne.

Knujt gav henne bara en hastig blick och avrundade förhöret.

– Jag tror vi får låta det vara bra där. Lotta vill inte göra nån anmälan och jag tror att du skämt ut dig så pass att det får vara straff nog.

– Vaaa, ska han inte få nåt straff?! nästan skrek Katta.

– Nej det finns ju ingen anmälan och han kommer inte att göra om det igen... eller hur David?

– Nej aldrig i livet! Jag måste nog flytta från ön. Åh, undra hur min flickvän kommer att ta det här? Hon kommer tro att jag blivit galen och att det är nåt allvarligt fel på mig.

– Ja det tror jag säkert. Det skulle jag tro. Eller rättare sagt... jag vet att det är nåt allvarligt fel på dig. muttrade Katta.

– Skriv ner dina uppgifter om jag skulle behöva ha tag på dig igen. sa Knujt och gav David Zletter ett block och en penna.

När han gått därifrån blängde Katta surt mot Knujt och han fattade att hon skulle gnälla om att blottaren fick gå, så han skyndade sig att hinna före henne.

– Egentligen så skulle han nog ha fått nåt straff för det han gjorde, men nu är det lite speciella omständigheter runt det här som gjorde att jag lät honom gå.

– Speciella omständigheter... Ja det tro fan det. Det är ju tämligen speciellt när en solbränd stekarjävel klär av sig och nakenjuckar mot pensionärer.

– Jo det är speciellt, men det var speciellt när Åke-Lars hällde mjölk över Sur-Stålblom igår också.

Katta blev tyst och såg inte lika aggressiv ut längre.

– Vad har mjölk med ett pervo som blottar sig att göra?

– Enligt Markel så ansåg Åke-Lars att det var helt normalt att hälla ett glas mjölk över Rune...

Knujt såg mot henne och lät det få sjunka in en stund.

78

– Anser du det är helt normalt att hälla ett glas mjölk över Stålblom? Skulle du kunna tänka dig att göra det helt spontant?

– Nä det skulle jag verkligen inte. Det fattar ju alla att det är en skitdum idé.

– Det gjorde Åke-Lars också... men först efter att han gjort det. Katta såg ut att fundera lite.

– Så du menar att de två incidenterna hänger ihop?

– Jag vet inte än, men på två dagar har två personer gjort två ovanligt dumma saker som de aldrig trott att de skulle göra.... Men dom gjorde det och bägge tyckte att det var en bra idé när de gjorde det. Det jag menar är att jag tycker det känns lite väl osannolikt för att vara en slump... och så tyckte jag att David Zletter såg genuint skamsen och ynklig ut.

– Ja tro fan det, han hade ju nyss fått stryk av en kvinnlig 80-plussare.

Knujt skrattade och de gick ut från byggnaden.

Kapitel 22.
Hånfull åskådare.

Han skrev ut sig själv från sjukhuset så fort han fick höra att någon blottat sig vid färjeterminalen och att den misstänkte blivit nerslagen. Snekäfts-Bosse förstod att Snut-Knut skulle vara där och han tänkte ta sig dit så fort som möjligt. Han ville se om Knut råkade ut för fler oturligheter. Att hans elrullstol nu blivit lagad passade perfekt.

När Knujt och Katta kom ut från terminalens kontorsbyggnad hade de nyfikna åskådarna minskat, men än fanns några kvar som försökte få sig en glimt av den potentielle blottaren. En person som inte försökte se nån näskrossad blottare var Snekäfts-Bosse. Han satt i sin eldrivna rullstol inte långt från platsen där polisen och hans assisten kom ut.

– Varför sitter Bosse där och glor på oss? undrade Katta.

– Ja inte fan vet jag. mumlade Knujt knappt hörbart till svar och suckade.

Eftersom Bosse hade ett stort hånleende och inte släppte honom med blicken så förstod han att Bosse ville något och gick fram till honom.

– Jaha Bosse, vad får dig att ta dig hit till terminalen? Ska du in till fastlandet?

– Jag ville bara se hur det var med dig. Jag hörde att du varit med om en olycka med en bärgare så jag ville bara se om du hade klara dig. flinade Bosse.

Knujt visste att den fan var ironisk, men varför hade han tagit sig hit bara för att vara dryg?

80

– Du har fått tillbaka din elrullstol ser jag. Det var ju synd. sa Knujt och lade märke till bandaget.

– Vad har du gjort då? Har du fastnat med fingrarna i ekrarna i den gamla rullstolen eller?

– Se inte så skadeglad ut snutjävel.

– Det var ju du som nyss log så brett åt att jag varit med om en olycka.

– Det är bäst du vänjer dig för det är nog bara början.

Knujt och Katta såg hastigt mot varann.

– Va menar du med det?

– Den som lever får se. sa han och flinade så brett som hans ärrade sneda mun tillät.

Leendet varade inte länge för en mås flög förbi och sket på honom. En vitgul sörja träffade honom högt upp i pannan så det rann ner för hans ansikte.

Både Knujt och Katta asgarvade utan att försöka hålla igen.

Bosse blev högröd i ansiktet och torkade av fågelskiten med bandaget.

– Jävla måsjävel! Ja ska döda dig din jävel!

Måsen flög och satte sig på järnräcket längs med vägen en bit bort och skrattade gällt.

– Hur ska du döda den då har du tänkt? undrade Knujt med skrattet fortfarande hängande i rösten.

Bosse blängde surt men svarade inte. Han såg sig omkring och fick syn på en sten, han bockade sig fram i vredesmod för att försöka plocka upp den. Men han tog nog i lite väl mycket för han tippade ur stolen och dråsade i backen med huvet före.

– Aj som faan! skrek han då pannan slog i stenen som han tänkt kasta på måsen.

81

– Ha, ha, ha! Hur gick det? Ska jag hjälpa farbror? undrade Knujt.

– Äh, far åt helvete snutjävel! Du kommer då få lida hundra gånger värre det lovar jag dig, så skrattar bäst som skrattar sist.

Efter de orden kravlade han sig upp i rullstolen och åkte därifrån. Åkte därifrån gjorde även Knujt och Katta en kort stund senare.

Kapitel 23.
Riddaren.

Naja kände sig malplacerad och missanpassad i sin klass. Hon hade börjat skolan i Augusti som alla andra, men hon fick gå i specialskolan som låg intill den vanliga för hon ansågs som ett barn med speciella behov. Det var inget fel på hennes förstånd eller begåvning, men eftersom hon aldrig gått i någon skola så passade hon inte med de jämnåriga i den vanliga skolan.

Att hon ansågs vara 12 fast hon egentligen var 17 gjorde inte saken bättre.

– Jag tycker du är häftig jag och så har du en himla tur också.

Det var Claes-Eskil som stod bredvid henne och pratade.

– Jaha, varför då?

– Jo för du har inte gått i nån skola. Jag skulle jättegärna slippa gå i skolan, men jag har varit tvungen att gå i massvis med år.

– Ja men det är väl bra. Då har du ju fått lära dig en massa, och kunskap är bra.

Tre andra ungar, två killar och en tjej kom springandes över skolgården, en av killarna stötte i Claes-Eskil så han ramlade omkull.

– Se er för! ropade Naja och hjälpte Claes-Eskil upp på benen igen.

– Det är lugnt. Men du ska inte ropa efter dom, för dom är dummingar från den andra skolan.

Naja såg hur ungarna hoppade över staketet in till den andra skolgården.

– Om man säger nåt så kan man få stryk. Det har jag fått...
och några andra också. Men var inte orolig, jag kan skydda
dig om dom skulle försöka vara dum mot dig.

Naja tvivlade på det, men nickade. Hon gillade den lilla
killen med den där cykelflaggan som han alltid bar omkring
på.

Helt plötsligt satte han sig på knä framför henne.

– Vad gör du?

– Jo, jag tänkte att jag kan bli din personliga riddare som
hjälper dig mot drakar och demoner... och dummingar från
den riktiga skolan.

Han sträckte fram cykelflaggan mot henne.

– Här. Du kan dubba mig som din beskyddare och jag ska
vakta dig i nöd och lust.

Naja som haft en minst sagt isolerad uppväxt hade missat
mycket information som kunde räknas till allmänbildning.
Hon visste inte vad en riddare var och visste därför inte vad
han menade.

– Vad ska jag göra med den här?

– Du ska dubba mig till riddaren av den heliga
låtsasskolgården.

– Låtsasskolgården? Den här skolgården finns ju på riktigt.
Varför kallar du den för låtsasskolgården?

– Jo för att de andra barnen på andra sidan staketet går på
den riktiga skolan, och de kallar den här sidan för
låtsasskolan. Alltså blir vår skolgård låtsasskolgården.

– Nää! Den här skolgården är minst lika riktig som deras.

– Är den?

– Ja det kan du ge dig på. Vad menade du med dubba?

– Eh, ja egentligen ska en riddare ha ett svärd, men jag får
nöja mig med min flagga. Du ska peta med den på mina axlar

84

och sedan på mitt huvud... och så ska du säga nåt om att du dubbar mig och att jag ska skydda dig mot ondska och faror.

– Men du behöver inte skydda mig. Jag klarar mig nog.

– Ja men det är en riktig mans uppgift att skydda kvinnor från faror och hemskheter.

Naja såg en slags ridderlighet i hans ögon... inte för att hon visste vad ordet egentligen betydde men hon hade hört det och gissade att det hade nåt med riddare att göra. Hon ville inte svika honom för det verkade betyda mycket för honom.

– Okej. sa hon och tog emot flaggan och gjorde som han sagt. Hon petade med den på hans axlar och till sist hans huvud samtidigt som hon sa.

– Härmed dubbar jag dig till min riddare av våran "riktiga" skolgård och du får härmed i uppgift att skydda mig från dummingar och andra hemskheter.

– Jag skulle vilja ha ett riddarnamn också.

– Jag vet inte vad riddare brukar heta.

– Jag kan heta Super-Duper Riddarhjälten... Nummer ett!

Naja skrattade lite och tyckte det var ett bra namn.

Claes-Eskil såg stolt och lycklig ut och tog tillbaka sin cykelflagga.

– Nu är det bäst dom passar sig för nu finns det en riktig riddare på den "riktiga" skolgården.

Han viftade och snurrade med flaggan som om den var ett svärd.

Naja skrattade, men kom av sig då hon hörde nån som skrek.

– Aj! Sluta!

Claes-Eskil och Naja såg mot den andra skolgården. Det var dom där tre ungarna som sprungit omkull Claes-Eskil som stod runt en kraftigt bygd flicka med krulligt hår. Det var hon som skrek.

– Vi vill bara se om du kan rulla. Du är ju lika rund som en fotboll. sa den största killen.

Den andra killen knuffade flickan mot deras tjejkompis som fällde krokben på henne. Flickan föll hårt i gruset och började gråta medans hon såg på sina uppskrapade händer. Mobbarna skrattade och gjorde high five mot varandra.

Naja blev riktigt arg, så som hon alltid blivit när någon var dum mot nån som var oskyldig.

Hon tog Claes-Eskils flagga, hoppade över staketet och sprang fram mot dem.

Claes-Eskil kände pulsen öka för han förstod att nu skulle det hända nåt utöver det vanliga. Han hade nyss svurit på att skydda Naja, men han var inte beredd på att hon skulle springa in till fienden så där plötsligt. Han kom sig inte för att göra något alls förutom att iaktta det som strax skulle ske på andra sidan staketet.

Barnen såg förvånat på henne när hon kom springandes. Så fort Naja kom fram körde hon flaggspetsen i ögat på den största killen. Han höll sig genast för ansiktet och skrek allt vad han kunde. De andra två stod bara gapade och förstod inte riktigt vad som hände.

Då sög hon tag i den andra killen och skallade honom mitt på näsan, när han stöp vände hon sig om och gav tjejen en rak höger så hon tuppade av när hon slog i marken.

En overklig tystnad spreds över skolgården som tidigare varit full med livfulla ljud. Alla stirrade på Naja. Det var bara gråten från pojken som fått flaggspetsen i ögat som hördes.

– Är man dum mot andra så kan man räkna med att få dumt tillbaka... jävla skitungar. svor Naja.

– Men herregud var är det som står på?

En kvinnlig skolpersonal kom utspringandes från skolbyggnaden och efterföljdes inom kort av två till.

Kapitel 24.
Skrinet.

– Jag kan bjuda dig på lunch i morgon, då har vi ju något roligt att se fram emot och du behöver inte vara sur för att vi inte kom iväg idag.

– Höh, i möra serveren´t döm nån lunch på Sjömärke ä för i möra ä dä Lördag.

Lottas ord lät sura, men så fick hon en lite snällare ton.

– Öm en´t vi far in tell fastlanne i mörakväll då å äter, men då få dä bli sån där alá carte.

– Är inte det dyrare?

– Jo dä ä dä... å goare.

Lennart suckade tyst. Han fick betala priset för att nån pervers yngling fått för sig att klä av sig naken och jucka mot Lotta. Det hade blivit sån uppståndelse att de missat färjan. Så fort de kom hem igen kom de två katterna Svart-Glenn och Röd-Glenn springandes mot dem.

– Men hej på er. Bli ni så gla när vi köm hem så här tidigt?... Va säger ni? Ha dä vare en storan svaschtan fögel hänne å tänkt stjäla ur skrine mitt?

Lennart hade aldrig riktigt trott på det där med att Lotta kunde prata med katter och han trodde väl inte det nu heller, men Lotta fick brått.

Hon skyndade in till det stora rummet, den så kallade salen, och Lennart följde efter.

Lennart skulle nog aldrig vänja sig med all skit och lump som Lotta samlade på, men trots att rummet var överbelamrat med grejer så syntes det att det hänt något. Några tidningar låg utspridda och en vas var omkullvält på bordet.

Lotta gick fram till skrinet som brukade stå i bokhyllan. Locket var öppet och skrinet låg omkullvält med smycken utspridda runt omkring.

Katterna stirrade på Lotta och hon vände sig mot dem.

– Så fögeln stod hänne å plöcka i smyckena då ni kömma å skrämde boscht en?

Lennart kunde se hur bägge katterna nickade. Nu visste han inte längre vad han skulle tro.

– Ä dä däfför dä ä så stökit, för ni ha jaga boscht köschpen?

Katterna nickade igen.

– Jag har hört att folk pratar om att de sett en korp i samband med att det försvunnit värdesaker. sa Lennart.

– Ja dä ha ja höscht å.

Hon vände sig mot katterna igen.

– Feck han mä sä nå? Tog han nå från skrine?

Katterna skakade på sina huvuden.

– Ni är då för dukti ni mine små älsklengar. Tack för att ni vakta juvelskrine mitt.

– Ska vi ringa polisen? Även fast korpen inte stal något.

– Nä, ja vill då ha så lite som möjlet mä en dä snuten å gö...

Så fick hon nåt lurigt i blicken och traskade iväg till den gamla väggtelefon och slog ett nummer.

– Ja hej på dä! Är dä du Krulltotten? Ja tänkte anmäla en stöld ja.

– En stöld... Jaha. Va ä dä som ha stulits då Lotta?

– Jo dä ä en massa juveler ur smyckeskrine mitt. Säkescht värt en 10, 20, 30, 40, 50-tusen kroner.

Markel suckade.

– Dä ä ju en jävla skillnad mellan 10 å 50-tusen. Du läre väl veta va smyckena ä värd?

– Jo dä vet ja väl. Döm ä värd 75-tusen svenska kroner.

– Ä dä nån som stjäl smyckena åv dä nu mens vi prater?

– Va? Nä döm ä redan stulna.

– Hur fan kan dom öka i värde under tin vi prater då?

– Öh... Men nu ha döm sluta å öka. Nu vet ja att döm ä värd 75-tusen.

– Ha du nån aning om vem som kan ha tage smyckena?

– Ja dä va en storan svaschtan köschp. Kattena såg den fan. Hade det inte inkommit en massa andra rapporter om just en korp som stal värdefulla föremål så skulle han aldrig trott henne.

– Ja då får du gå igenom va fågelskrälle ha tage så skriver ja dä i stöldanmälan. sa han och Lotta började sin redogörelse.

Kapitel 25.
Mailen.

Eidolf öppnade mailen på sin laptop med förväntan om att han fått ett positivt svar angående försäljningen av den fördömda tomten efter Storkroks Benjamin. Den senaste intressenten verkade vara ett säkert kort. En rik adelsman från Tyskland. Eidolf hade skickat bilder på hur tomten såg ut inklusive kartor från lantmäteriet med tomtgränser och all skog och mark som ingick.

Tysken hade nu svarat och Eidolf öppnade mailet med iver, men ivern blev kortvarig.

– Vad är det han skriver... den förbannade tysken? mumlade han bestört.

Ett abrupt och kort svar på engelska som Eidolf fick läsa flera gånger för att förstå innebörden av.

"Vi avböjer härmed allt som har med köpet av marken att göra. Vi antog att ni var en person av rang som det gick att göra seriösa affärer med, men tydligen inte." Löd det då han lät det översättas till svenska.

– Det måste ha skett ett missförstånd!

Eidolf skyndade att skriva ett svar där han meddelade att han inte förstod vad som var orsak till den snabba avblåsningen av tomtköpet. När han skickat mailet plingade det till och en text dök upp på skärmen.

"Mailet levererades inte. Mailet blockerades av mottagaren."

– Va i...!

Eidolf ställde sig upp och började vanka av och an runt sitt bastanta skrivbord. Det var det tredje köpet som avbrutits.

Alla hade till en början verkat väldigt intresserade, men så helt plötsligt hade de avblåst affären utan direkt förklaring.

Han stannade upp. Det var en tanke som snuddat vid hans grubblande hjärna. Han trodde inte det men det var värt att kolla upp.

Det var hur tysken uttryckt sig som fick honom att fundera.

"Vi antog att ni var en person av rang som det gick att göra seriösa affärer med, men tydligen inte."

Vad Eidolf mindes så hade han varit hundraprocent seriös i alla sina mail. Vad hade fått tysken att tycka nåt annat?

Han satte sig bakom skrivbordet igen och öppnade upp mailhistoriken.

– Vad ända in i…?

Där fanns flera mail som skickats till tysken men som inte Eidolf hade skrivit… fast de var skickade från hans mailadress.

– Är det någon som utgett sig för att vara mig?

Eidolf kände ett lavinartat obehag växa. Hade någon hackat hans konto? Han blev genast het i hela kroppen och svetten bröt fram i pannan.

Det senaste mailet som skickats hade rubriken… "Nazist bögar".

Det tog emot att öppna mailet men han kunde inte låta bli.

"Det vore roligt om ni köpte marken och flyttade hit till ön. Vi skulle behöva några råbarkade nazistbögar som kom hit och visade oss lite hårdare tag. Jag har bildat en klan som består av mina likasinnade kusiner, samt en del syskon och tremänningar. Vi brukar samlas och utföra livliga gaypartyn på den mark ni nu tänker köpa. Då vi har tröttnat på inavel och drömmer om hårdare tag önskar vi bli tagna av riktiga arier. Vi hoppas att köpet genomförs snarast möjligt. Med vänlig hälsning Eidolf Ma......"

– Vad i helvete är det här?! flämtade han.

Hur var detta möjligt? Någon hade utgett sig för att vara honom och vanhelgat hans namn. Han hade blivit utskämd. Knuten i magen blev ännu större då han kände sig tvungen att även kolla mailen till de andra köparna som dragit sig ur. Hjärtat ökade takten när han läste de andra mailen. De var lite annorlunda, men ändå i princip detsamma.

I det första var det Eidolf och hans släkt som var nazister och ville inviga köparen i obscena riter så fort de köpt marken. Det skulle bland annat offras oskulder till svåruttalade gudar från hedendomen, och här skulle köparen våldtas av Eidolf och hans släkt.

Det andra mailet var till en dansk. Eidolf förklarade att alla på ön hatade danskar och att det redan hade framkommit att öborna startat en tävling om vem som först skulle mörda de nyinflyttade danskarna. Vinnaren vann 10 stycken hängbukssvin och en dunk hemkörd sprit.

Spelivern hade aldrig varit högre. Till och med barnen och gamlingarna på äldreboendet hade tillåtits att delta efter en massa tjat.

Eidolf reste sig och gick mumlade fram och tillbaka.

– Vad ska jag ta mig till? sa han högt i sin frustation.

Han gick och öppnade fönstret för att få in lite svalkande luft, då kom där en kraftig vindby.

Vinddraget hördes i hans öron, vilket nog var orsaken till att han tyckte sig höra tangentljud. Han avfärdade det, men så hördes ett annat bekant ljud. Ett sånt där swishljud som när man skickade iväg ett mail. Han vände sig in mot rummet igen och såg mot datorn och efter en sekund plingade det till att han fått ett mail.

Vad är det nu då? tänkte han och gick mot datorn men kände ett svagt obehag.

Obehagskänslan var inte obefogad. Han hade fått ett mail från sig själv. Eidolf flämtade och sträckte sakta fram en darrande hand mot styrplattan. Efter viss tvekan klickade han.

När han läst vad som stod gick andan ur honom och han stapplade bakåt.

Kapitel 26.
Krismöte.

Sånt här var Vendel Kallgård inte van vid och han hade väl aldrig trott att han skulle behöva vara med om nåt liknande heller. Krismöte på skolan i mellanstadiet. Han var minst sagt nervös och han hade fått berättats för sig via telefon vad som hänt.

Hans systerdotter Naja hade hamnat i bråk och slagit tre jämnåriga elever. Han hade inte fått höra någon anledning till varför hon agerat som hon gjort och han kände ju henne inte så himla väl, han hade ju bara känt henne i några månader.

Visst var han medveten om att hon var ansvarig för sina föräldrars död, men de hade gjort sig förtjänt av det ansåg han. Och där borta... på den andra platsen där han hittat henne hade hon också dödat.

Vendel hade ju ett lite "instabilt" psyke, och så fort han tänkte på resan han gjort för att finna sin systerdotter Naja så höljdes det mesta i dunkel och han ville genast tänka på något annat.

Han förstod att han skulle behöva tala med förargade föräldrar, men innan han skulle stå till svars för vad systerdottern gjort hade han krävt att han skulle få tala enskilt med henne.

– Vi väntar på dig två dörrar längre ner i korridoren, men det är nog bäst att du låter Naja sitta kvar i rummet efter du pratat klart med henne. sa läraren.

Vendel gick in i ett rum där Naja satt på en stol med benen uppdragna mot bröstet. Så fort hon såg att det var han sprang hon fram och kramade honom hårt.

95

– Men lilla hjärtat! Hur är det? Vad var det som hände? De har inte talat om orsaken till varför du gjorde som du gjorde. Naja släppte strax sitt grepp och berättade vad som hänt.

Vendel gick nu med lite mer kött på benen in till lejonen. Han tyckte såklart att Naja kanske överreagerat lite, men han var ändå tillfreds med hennes agerande. Hon hade ensam skyddat en som var svagare, en oskyldig och utsatt flicka, mot tre stycken som agerat elakt och omoraliskt.

Så fort han öppnade dörren stegade en person fram mot honom. En väldigt stor man med ölmage och kroppsbehåring som hos en gorilla. De uppkavlade grova underarmarnas päls såg ut som en kofta gjord på aphår.

– Hörrö du prästskrälle! Vad är det för en jävla skitunge du har släpat hit? Hon är ju för fan inte klok, hon höll ju på att göra Anders blind.

En mager flintskallig man med ett yvigt helskägg ställde sig vid gorillans sida.

– Min son Evert har fått näsan krossad. En 12-åring ska inte behöva få det. Vi ska se till att den där jäntjäveln du har hand om aldrig sätter sin fot på våran skola igen.

– Precis! Du kommer att få stå för det här. Om Eva-Lena får ärr i ansiktet, så kommer jag skicka henne till plastikkirurgen... och den kostnaden får allt du stå för.

Det var mamman till flickan. Hon hade långt blont hår som var så perfekt att det såg ut som en peruk. Att hon nämnde plastikoperation var kanske inte så konstigt när hon själv såg mer ut som en docka än en levande människa.

– Jag ber så hemskt mycket om ursäkt för vad min systerdotter Naja har gjort. Men hon har inte haft det så lätt och hon...

Vendel blev avbruten av gorillan.

– Ditt barn är sjuk i huvudet och hon hade inget att göra på den riktiga skolan. Dom där muppungarna ska hålla sig på sin avgränsade skolgård och det av en anledning... dom är sjuka och ska inte vara i närheten av normala barn.

Flintisen och dockan nickade medhållande.

Vendel kände att han inte riktigt skulle kunna handskas med den här situationen... men han gjorde ännu ett tappert försök.

– Vi måste kunna lösa det här utan att få någon utesluten från skolan. Sedan tycker jag ni använder väldig hårda ord när ni talar om barn med särskilda behov. Ni förstår att Naja skulle aldrig ha gjort något om...

Han blev avbruten igen, den här gången av flintskallen.

– Försök inte försvara ungjäveln. Hon höll på att döda våra barn och hon ska väck!... Punkt slut. Det är ju inte undra på att det är fel på jäntan om hon är släkt med dig. Du är ju själv schizofren eller vad fan det heter... Att en sån som du kan få vara präst och ta hand om ett barn fattar jag då inte.

– Alla ni religösa idioter har ju nåt fel i huvet. sa Barbiedockan.

Vendel kände hur blodådrorna i pannan blev grova som kopparormar och han kände hur hans andreman knackade på för att få sätta sig vid spakarna, men Vendel kämpade emot. Han såg mot läraren som stod längst bak i rummet i hopp om att han skulle hjälpa honom med pöbeln. Men läraren såg livrädd ut, så nån hjälp från honom skulle han inte få.

– Hörrö du din förbannade Barbiedocka, du säger inte att man har nå fel i huve bare för man ä religös ä! Vendel ä djupt troende å hans regler går i symbios med hans tro... Han är en snäll och vänlig människa å dä är då inge fel i hans huve ä.

Alla stirrade på Vendel som nu bytt karaktär, men hans utstrålning fick dem att tagga ner lite.

– Sen har vi mig då. Ja tror int´ på ett förbannade dugg. Ja tror bare på mä själv, men ja är int´ så nogräknad mä va ja gör ä. Ja följ då inga regler... å int´ är ja så speciellt snäll å vänlig heller ä.

Han tystnade och granskade dem. Apmannen frågade efter en liten stund.

– Och vart vill du komma?

– Jo dä enda ja går efter är helt vanligt bondförnuft, å dä kommer man långt på... men dä tycks då int´ delas ut nå förstånd te nå fölk nu mer ä. avslutade han och de förstod vilka han syftade på.

– Försöker du kaxa upp dig och vara nån jävla psykpräst? Vi kommer skicka dig från ön tillsammans med...

Smack!

Jöns gav gorillan en uppercut på hakspetsen vilken genast förflyttade dennes medvetande till en annan dimension, så stälpte han baklänges och blev liggande.

De andra stod som förstelnade... inklusive läraren.

– Nu jävlar ska ni ta å lyssna!... Ni får ta å anteckna om ni in´t tror er ha minne nog å kom ihåg va ja säg. Era ungjävlar ha mobbat, inte bara ungarna med särskilda behov utan även barna på den så kallade vanliga skolan. Dä här har pågått i flere år...

Jöns spände ögonen i läraren.

– Så hädanefter anser ja att dä är ditt ansvar att dä int´ händer igen. Å få ja höra talas om att nån åv dom där tre ha jävlats mä nån så kom ja hit å skaker om dä.

– Men... försökte läraren.

– Inga men, bare fakta. avbröt Jöns.

Han vände sig åter mot flinten och dockan.

– Naja kom å va kvar på skolan å ni kom int´ å säga ett ord om att nån ska förflyttas. Dä ni ska göra är å följ mä in till Naja där hon sitt å inte föschtår hur dä hon gjorde kunde va fel... för dä va dä int´. Ni föschtår, är man 12 år å begriper så pass att man ska försvara en ensam stackare som tre stycken ä elak mot... då ä dä då fan inge fel på föschtånde ä. Hade ni uppfostra ere ungar ordentligt så hade vi int´ vare här nu ä.

– Jag tänker då inte... började dockan.

– Tig inna ja punkterer både läppar, kindknoter å gelérattarna på dä så du blåser boscht!

Hon tog sig reflexmässigt om brösten och tystnade.

– Nu går vi till Naja å ni ska be om ursäkt på era ungars vägnar å säga att dä hon gjorde va en hjältemodig handling å att hon gjorde helt rätt. Ni ska också försäkra na om att inte ungarna ere gör nå mer dumt mot nån som inte ha gjort nå.

Ingen sa något eller hade någon invändning.

– Ja men kom då så går vi!

De följde Jöns med slaka huvuden och kastade en hastig blick på den utslagna gorillan när de gick ut ur rummet.

De gjorde sedan som han sagt och bad om ursäkt till Naja och berömde hennes gärningar.

Kapitel 27.
Utanför banken.

Det var eftermiddag och arbetsdagen började närma sig sitt slut. Knujt stod vid bankomaten för att ta ut kontanter. Han kanske var gammalmodig i det snart helt kontantfria samhället men det kändes mer riktigt med fysiska sedlar än att bara använda ett plastkort.

När han tog emot sina pengar kände han sig iakttagen och var helt säker på att det stod någon och stirrade på honom. Han vände sig om och strax utanför ingången till banken och guldaffären tillika pantbanken som låg vägg i vägg stod en väldigt gammal tant.

Det var nästan så han hoppade till av åsynen för det var en riktig rugg-uggla. Även fast han inte sett personen i fråga tidigare så förstod han vem hon var.

Det måste vara Spott-Åsa på Höjden som det talats om. Att hon sägs vara häxa är ju förståeligt för hon ser då onekligen ut som en sån.

Hon bar en smutsig och lappad kjol samt en lika illa medfaren tröja och kofta. Trots att det var varmt ute hade hon torgvantar på sig och i den ena handen höll hon en tygpåse.

Hennes skrynkliga russinansikte spärrade upp det ena ögat som var riktat rakt på Knujt och han kände genast ett obehag.

– Dä ä du söm ä den nye polisen. sa hon med knarrande röst.

– Ja nu är det ju så att jag varit här i några år, så speciellt ny är jag väl inte. svarade han.

– Däg vet ja då inte mysche öm än. Annesch vet ja dä mesta öm fölke hänne på ön. Ja ha mysche å ta igen ette ja lega på sjukhuse i 10 år.

Han hade hört att hon vaknat ungefär samtidigt som han blivit skjuten av Tage Fander, och att hon förutspått sitt uppvaknande då hon lagt in sig själv 10 år tidigare.

Hon höjde en spetig hand med långa gulbruna naglar och höll den riktad mot honom. Knujt fick en inre syn om att hon skulle skjuta honom med någon slags laserstråle eller pulserande energi som ur nån sience-fictionfilm... men det kom ingen laser. Istället öppnade hon munnen i ett hemskt leende som blottade en ynka dåligt skött tand i underkäken.

– Ja känner att du har dine rötter hänne från ön...

Knujt stelnade till och försökte spela oberörd. Att hans släkt verkligen kom från den här ön var det nästan ingen som visste... eller det kanske inte ens var nån alls som visste det. Maja visste om hans dubbla identiteter, men det med hans släkt, familjen Rojt och Abel Af Jaarstierna visste hon inte. Han trodde inte ens Ruben Af Jaarstierna visste det.

– Ja känner att mysche öm däg ligg i dunkel, vafför då?

– Jag fattar inte va du snackar om men du måste vara Spott-Åsa på Höjden. Trevlig att träffas. sa han och började raskt gå mot polisbilen som stod parkerad på andra sidan gatan.

Han vände sig om och såg att häxan gick in på pantbanken, Knujt pustade ut. Men lättnaden varade inte länge för intill polisbilen stod en annan person som inte heller bådade gott.

101

Kapitel 28.
En mörk väg.

Det var Grisskinns-Eifva som stod intill polisbilen och höll om sin skinngris i vanlig ordning.

Va fan.. ännu en häxa, räcker det inte med ett häxmöte per dag? undrade han.

– Eifva Nåderlögd.... Vad vill du då?

– Det hon ser med sitt svarta öga är aldrig något bra. Hon söker heller inget bra, det är bara illgärningar och hemligheter hon vill se.

Eifva hade inte nämnt något namn men han förstod vem hon talade om... men det där med det svarta ögat förstod han inte riktigt. Häxans öga hade då inte sett svart ut tyckte han. Eifva kanske menade svart i nån sorts symbolik, hon brukade ju vara kryptisk.

– Din stig har har blivit mörk och den förväntas bli svart. Tag dig i akt och var vaksam.

– Vad menar du med det? sa han men förväntade sig inget svar så han blev lite stöss när hon kom med ett.

– Att din väg kantats med mörker är inget nytt, det är så det är bestämt, men den har nu blivit mörkare än den borde vilket inte är bra.

Knujt suckade uppgivet och anade oråd.

– Vadå?... Kommer det hända en massa skit och elände för mig nu... eller vad menar du?

Hon var tyst en stund innan hon sa.

– Tag på dig säkerhetsbältet och tänk dig för var du ställer cykeln.

Sen gick hon.

– Ja det där lät ju uppmuntrande, och vilken jädra cykel? Jag åker ju bil. Förbannade skit-ö å jävla trollpackor. mumlade han och satte sig i bilen.

Han visste bättre än att inte ta på sig bilbältet och han såg sig noga om innan han körde iväg. *Det här gick ju bra. Inga konstigheter eller faror.* tänkte han... men det kanske var dumt. Just som tanken passerat ylade det till i motorn och bilen gasade iväg med full fart.

– Va i helvete?! skrek han och såg hur han for rakt mot en kontorsbyggnad som låg intill banken.

Han försökte styra undan men ratten ville inte riktigt lyda. Husfasaden klarade sig med nöd och näppe, men han körde på en stor gråsugga i cement. Det gjorde att bilens högra framskärm krossades och bilen snodde runt och hamnade på sidan och gled längs med trottoaren intill kontorshuset. I tumultet som skedde startade sirenerna och de förde ett himla liv.

Till slut fick han tyst på eländet men då hade det redan hunnit samlas folk runt bilen.

Eftersom bilen nu stod på sidan med förardörren mot backen fick Knujt klättra ut ur passagerardörren. Nyfikna öbor pekade och glodde när han hasade sig ut, vilket inte var det lättaste då dörren inte ville hålla sig öppen med tanke på tyngdlagen.

När han hoppade ner på marken skrek flera av åskådarna och Knujt hoppade instinktivt undan. Bilen tippade ner på hjulen igen och hade han inte hoppat åt sidan hade han fått bilen över sig.

Ja nog fan verkar min väg mörk alltid. Vad sjutton är det som händer egentligen?

Han samlade sig och försökte se så obrydd ut som möjligt.

– Tack, ni kan gå hem nu! Här finns inget mer att se. En liten olycka bara.

Han log och nickade för att visa att han mådde bra, men leendet försvann när han såg tanten utanför pantbanken. Det var Spott-Åsa som stod där och nu förstod han vad Eifva menat med hennes "svarta öga", för nu hade hon det tidigare stängda ögat öppet och han kunde trots avståndet se att det var helt svart. På nåt vis kändes det som om det var hon som var orsaken till olyckan. Han ville vända bort blicken men stålsatte sig för att inte göra det.

Det svarta ögat tycktes borra sig in i hans själ, men han kämpade emot… som om han försökte blockera henne. Det var en märklig känsla, men han anade att Spott-Åsa hade något med olyckan att göra, frågan var bara varför?

Haggan stängde det svarta ögat och tog ett bättre grepp om sin skitiga tygpåse och gick därifrån. Även om hon var den som vek undan med blicken först så kändes det inte som han vunnit. Han kände sig snarare besegrad.

När bärgaren kom för andra gången på två dagar och det var Rolf Tagesson som körde hade Knujt inget stort hopp kvar om livet.

Rolf urskuldade sig för det som hänt dagen innan och var näst intill gråtfärdig. I normala fall borde inte en sån drummel få köra en sparkstötting ens, men på den här ön föll inte saker i det normala rutmönstret. Om bärgarägaren var sjuk måste ju nån annan köra.

Knujt bad Rolf att ta hand om det hela och skyndade sig så fort som möjligt därifrån. Han ville inte vara med om ytterligare en olycka, och inte utmana ödet med att vara i närheten av vare sig bärgaren eller Rolf.

Kapitel 29.
Efterrätten.

Leila var spänd men glädjen lyste i hennes ansikte. Hon hade endast ätit ute några få gånger sedan hon blivit fri från sin torgskräck, men då hade det bara rört sig om att hon och Markel ätit något enklare tillsammans. Nu var hon utbjuden på Skrikmåsen och det skulle bli speciellt.

– Men gud vad det luktar skit!

Markel kunde hålla med, men det var inte skit som luktade. Det var den omisskännliga odören av Dyng-Gustav. Leila som fått lära sig att luckan i vakten skulle hållas stängd när Gustav var i närheten hade undsluppit den odören.

– Men va gröne å, är den loschtgrisen här å ska sabba min bjudning?

– Vem då? undrade Leila.

– Dyng-Gustav!

– Naej ja skickade iväg honom nyss och ja ha öppnat fönstren för vädring, seå lokten försvinner neog snart. svarade Lemke som tidigare informerats av Markel om att det skulle bli dejt på hög nivå i kväll.

Lemke hade nystruken skjorta med tillhörande väst och fluga när han visade dem till ett bord med levande ljus och ett sprakande tomtebloss. Som tur var fanns det knappt några andra gäster och de få som var där satt långt ifrån deras bord.

– Tack för att du joxat till dä så fint Lemke. sa Markel i låg ton till Skåningen.

– Hade ja konnat italienska och spela balalajka så hade ja gjort de åsså.

– Bala, balalaj, balalaj…ka! Vad är det? undrade Leila.

106

– Ööh, ja dä... ä väl en liten båt tror ja. svarade Markel.

– Haha, en beåt... Naej de ä ett stränginstoment... som en banjo eller en leiten gitarr.

– Öh, ja just ja... liten gitarr, ja dä va dä ja mena.

Lemke försökte hålla tillbaka leendet.

– Ja då är det bara att slå sig ner och kika peå meneyn. Markel har reidan beställ vein som nei kan dricka onder teiden.

Lemke gick för att hämta vinet.

– Gud vad jag känner mig specell Markel.

– Speciell...

– Ja just det, specell. Jag har aldrig druckit vin nån gång. Vågar jag verkligen det? Tänk om jag blir full och tokig?

– Ha, ha! Full å toki, nä dä blir du nog inte. Inte så länge du tar dä lungt ä.

– Hur vet jag att allt är lugnt då?

– Ja, men om du bara tar ett eller två glas så ä dä lugnt.

– Är det lugnt för han också tror du?

Hon pekade försiktigt mot kassadisken där Rune Stålblom hällde upp ett stort glas whiskey som han stälpte i sig.

– Va fan står han å super bakom disken? Dä trodde jag då inte om han ä.

– Det är inte så bra va?

– Nej dä ä dä då inte, men vi får va tyst om dä. Får han höra att vi sagt nå om dä så kanske han ger oss stryk... man vet ju aldrig mä en dä surkuken ä.

– Ha, ha!... Surkuk, ha, ha! skrattade Leila.

Kvällen fortlöpte på bästa sätt och de åt varsin "Skrikmåsplanka", som var en klassisk oxfiléplanka och ingen ugnsgratinerad mås. Lemke hade dock erbjudit dem

107

några egenkomponerade maträtter, så som havrefylld bäverlunga med ett täcke av mandelmassa, halstrad lake inbyggd i falukorv med nyskalad kaktus och väderbiten mink med fänkål och saffranspotatis. De avböjde alla erbjudandena vänligt men bestämt till en lite missnöjd Lemke.

De drack två glas rötjut var och efter det andra glaset blev de tvungna att göra ett litet avbrott.

– Oj, Markel jag tappade gaffeln under bordet.

– Ja hämtar den ja min sköna. sa Markel och dök under bordet.

– Men va...

Det small till när han slog i skallen mot bordets undersida. När han fått tag i gaffeln såg han upp och rakt in i det bara skrevet på Leila som kavlat upp klänningen.

– Var lite tyst. sa hon med låg röst.

Markel tog sig upp och hade stora ögon. Leila log och sa.

– Jag känner mig konstig... och het i gullvivan... hon känns som glödvivan. Jag tror det är vinet som gjort mig så här.

– Ja dä har man ju hört talas om, att vin får fruntimmer å bli alldeles kåsig.

– Jasså! Var det därför du bjöd mig på vin?

– Va? Näää! Dä gjorde ja bara för å va snäll... å för att ja älsker dä. Ja har aldrig bjutt en kvinna på vin förr så ja vet inte hur ni funker.

– Men du hade hört det?

– Ja... å tydligen ha dom rätt.

– Ja det har dom... kom.

Hon reste sig och tog Markels hand och ledde honom skyndsamt mot toaletterna. Som tur var stod varken Rune eller Lemke vid kassan och såg att de smet iväg.

Men när de kom tillbaka från toaletten stod båda bakom disken och stirrade storögt på dem. De få andra gäster som fanns i lokalen glodde också mot dem. Ingen verkade ha undgått att höra vad de gjort, och Markel hade nog aldrig fått henne att vara så högljudd. Kanske var det vinet som släppt hennes spärrar.

– Ska ni höll på å leva öm så där in i helvete inne på skithuse får ni gå hem. Dä här ä en resturang å ingen porrklubb. Ni kunna väl ha vänta tells ni kömma hem!

Lemke petade till Rune för att han skulle vara tyst. Det fanns ju ingen anledning att göra situationen pinsammare än den redan var.

De hoppade över efterrätten, toalettbesöket fick vara efterrätt nog. Så skyndade de sig att betala och gick därifrån, lite generade... men på väldigt bra humör.

Kapitel 30.
John Blund.

Eidolf hade inte vågat öppna laptoppen, men nyfikenheten var stark och den övervann rädslan.

Mailet han tidigare fått hade skrivits till honom från honom själv, åtminstone om han skulle lita på mailadressen. Men det var såklart någon som hackat hans konto eller skapat en klonad mailadress. Det som fått honom att bli rädd var det faktum att han hört hur tangenterna spelat på laptoppen precis innan han mottagit mailet. Han hade säkert bara inbillat sig. Fast ju mer han tänkte på incidenten tyckte han sig minnas att han även sett tangenterna röra sig, men det avfärdade han raskt.

Innehållet i mailet var heller inte av någon trevlig natur.

"Jag ska förstöra alla dina försök att sälja min tomt. Jag är med dig vart du än går och tillsammans ska vi gå till vansinnets brant.

/Benjamin Tylt, öns seriemördare."

Eidolf visste inte vad han skulle göra. Benjamin hade ju trots allt spökat för honom så han blivit tvungen att renovera sovrummet. Seriemördarspöket hade även tagit en öbos kropp i besittning och med en grävmaskin krossat alla statyer, hus, uthus och loge på Benjamin Tylts tomt.

Hade han nu klättrat in som något slags spökvirus i laptopen? Det kändes långsökt.

Det rörde sig nog snarare om en hacker som ville spela honom ett spratt. Fast vem skulle det vara?

I hopp om att det inte var ett seriemördarspöke gick han igenom inkorgen för att se om det inkommit fler intresseanmälningar på tomten i Storkroken. Det hade det.

Eidolf flämtade till.

– Uj, uj, uj! Vad är det där för ett bud? Det kan inte vara sant!

Han ögnade igenom mailet en par gånger för att försäkra sig om att han läst rätt.

Personen i fråga var amerikan och ville flytta till Sverige för att lära sig mer om sitt ursprung. Hans förfäder hade emigrerat från Sverige för länge sedan.

Alla papper som behövdes för ett köp fanns med och hans bud var mer än det dubbla av vad de tidigare intressenterna erbjudit.

Men amerikanen ville få affären i kraft så fort som möjligt annars skulle han bli tvingad att dra sig ur.

Eidolf tänkte just svara när datorn plötsligt slocknade.

– Vad blev det nu då? muttrade han och tryckte åtskilliga gånger på powertangenten.

Han tittade efter att kontakten satt i, det gjorde den.

Han började nervöst vanka av och an men så skymtade han sin reflektion i fönstret och med ens hoppade han till. Han var helt säker på att han sett Storkroks Benjamin stå intill honom och flina, men nu var reflektionen borta.

– Jag måste inbilla mig!

På ett av fönstren tonade en fläck av imma fram, som om någon just andades mot det. Eidolfs hjärta började hamra och blodådrorna i hans tinningar sprattlade som daggmaskar under huden.

Ljudet av ett finger som rör sig mot ett vått fönster ljöd genom rummet och ett "nej" framträdde på den immiga fläcken.

– Vadå nej?

Så kom han ihåg vad han nyss sagt... att han måste inbilla sig. Det gjorde han tydligen inte.

Han lät laptoppen vara, satte på radion och försökte somna... vilket tog sin tid, men inga mer spökerier inträffade så John Blund kom i sinom tid med det efterlängtade sömnpulvret.

Kapitel 31.
Köttkorvar.

Markel kom ut från duschen och gick och satte sig vid köksbordet vid sin laptop. Skärmen lyste så han gissade att Leila precis använt den.

Han såg mot henne där hon satt i sängen och han tyckte hon såg lite busig ut.

– Va du ser full i fan ut då. Ä dä nå speciellt eller?

– Va? Nä... inget specellt. Jag är precis som vanligt... ospecell. Men jag kände mig specell när du bjöd ut mig på Skrikmåsen.

– Speciell!... Ja dä va trevligt, dä måste vi göra om.... Fast kanske inte de där toalettbesöket. Dä va lite skämmit när alla glodde på oss när vi kom ut.

– Skämmit? Skäms du för mig menar du?

– Nä! Men dä va lite pinsamt att alla hade hört oss när vi hålla på.

– Det tycker inte jag, jag tyckte det var kul. Alla var nog avundsjuka och önskade att dom fått vara med. Tänk om Rune, Lemke och dom andra matgästerna kommit in till oss... då hade det kunnat hända grejer.

Markel höjde ögonbrynen och stirrade på henne. Han visste inte vad han skulle svara.

Ibland var hon så där konstig, som om hon inte varit närvarande när sunt förnuft delades ut. Hon verkade inte förstå vad som var lämpligt eller olämpligt att säga.

– Usch Leila, att du ens kan tänka på att Sur Stålblom, Lemke å dom andra skulle va mä när vi hålla på, dä ä ju sjukt dä.

– Sjukt? Varför då?

– Därför att man inte ska tänka in annat folk i situationer när man har sex mä den man älsker. Vore dä inte för att ja älska dig så mycke å att ja vet att du ä lite speciell så hade ja kunna bleve svartsjuk.

Han ville inte prata mer om att involvera andra i deras sexakt utan gick istället ut på nätet. Han tänkte kolla om det var några nya tv-serier på gång.

Han hade hittat en bra tv-sida för någon dag sedan och han gick till sökhistoriken.

– Va i...?

Han läste det senaste sökorden igen, "Välhängda köttkorvar."

Han såg mot Leila som såg ut att försöka se oskyldig ut.

Så klickade han på en av sidorna i historiken.

– Va fan!

– Vad är det? frågade Leila.

– Va dä ä?!... Ja dä undrer ja å! Va fan ä dä här för fläskkukade gubbjävlar då?

Han vände datorn mot henne och på skärmen syntes några storväxta nakna karlar med cowboyhattar och rejäla kroppsdelar som mycket väl kunde varit köttkorvar.

Leilas ögon flackade osäkert men fastnade sedan på skärmen med köttkorvarna.

– Oj, hur kunde dom hamna på datorn då?

– Jo dä kan ja tala om. Dä ä min lilla kåtlona till flickvän som ha passa på å titta på knullgubbar mens ja va i duschen.

– Nähä... sa hon snabbt men såg väldigt skyldig ut.

– Så du sitter å ljuger för mä å?

– Öh nää. sa hon igen.

– Dä gör du väl. Laptoppen stod ju å lyste när ja kom ut från duschen å du såg så där full i fan ut. Ja läste på dä du sökt efter…"Välhängda köttkorvar".

– Öh, ja jag blev hungrig och var sugen på korv… och så helt plötsligt, poff…. så var skärmen full med nakna karlar. Usch så oansändligt.

– Oanständigt heter dä. Men ja tror nog att du visste precis va du sökte efter ja. Ja tror ta mä tusan att du är nymfoman.

– Nyfroman? Vad är det?

– Nymfoman heter dä. Dä ä när folk inte kan göra annat än å tänka på sex och snusk hele tin å jämt, precis som du.

– Varför blir du så sur. Du borde väl vara glad att jag tänker på dig och sex hela tiden.

– Ja, men nu passer du ju på å tänker på andras köttkorvar så fort ja vänder ryggen till.

– Ja men du var ju i duschen, och jag ville se en naken karl… å du hade ju låst dörren, så då får du ju skylla dig själv.

– Jaha, så nu ä dä mitt fel att du måste glåma på naket gubbkött?

– Du hade väl inte behövt låsa dörren.

Faktum var att han hade låst dörren för att han skulle få vara i fred. De hade nyss haft sex och om hon kommit in till honom i duschen så visste han inte om han orkat med en gång till, men om dörren var låst så skulle det ju inte bli något av med det hade han tänkt.

– Jamen folk låser ju döra när dom duscher, så ä dä bara. Dä ä så man gör.

Han la märke till att hon inte såg honom i ögonen längre, hon stirrade på något annat.

– Men nu är det ju du som är nyfromanen. Jag vet nog vad du försöker med…

– Va prater du om?

Han låtsades inte förstå vad hon menade, men det gjorde han. Hennes blick var riktad mot hans skrev. Han hade inte tänkt sig för så han satt med benen brett isär och morgonrocken hade glidit åt sidan så han blottade hela paket för henne. Det hade hänt förr och hon gick igång så fort hon skymtade hans nakna kroppsdel.

– Du vet mycket väl vad jag menar. Du vet hur jag blir när du visar upp dig så där. Alltså uppvinglar du till sex.

– Uppviglar mener du, men nä dä gör ja inte.

Han drog för morgonrocken och drog ihop benen.

– Det är för sent att gömma storstruten nu, för nu har du ju redan väckt draken i grottan.

Hon kastade av sig pyjamasen och ställde sig på alla fyra i sängen med rumpan mot honom. Synen av henne fick honom att komma av sig i sitt vredesmod.

Tänk att dä ä då helt jävla otrolit va sjuk i huvve vi karlar är. Här har man komme på na mä att tjuvglutta på nå storkukade jävla kopojkar. När man sen konfronterer na så får hon dä å låta som om dä va mitt fel… å nu slänger hon upp sä å vill att ja ska hoppa på na. Dä villa ja ju egentligen inte, men när hon ä så där snygg så vill man ju även fast man inte orker.

Han gick mot henne och lät morgonrocken falla.

*Sen å andra sidan så gör dä väl inge om hon bara titter lite på dä motsatta köne. Hon har ju inte vare otrogen, hon ha ju bara sett en naken karl… eftersom ja hade låst in mä. Å nu vill hon ha **mig** och inte nån tjockis mä kopojkshatt.*

116

Kapitel 32.
Kebabrullen.

Katta tryckte i sig kebabrullen som Lemke kommit med. Det hörde inte till ovanligheterna att han fick handla åt henne när hon jobbade i vakten. Det som skilde sig från hur det brukade vara, var att denna gången hade hon ett lite udda önskemål i sin beställning.

– Kan det verkligen vara gott meid makrill i tomatsås blandat meid kebaben? Pizzagubben trodde ja skemtade när ja sa det. Han trodde att de va ja som skolle ha den, å ja veit inte om han trodde mig när ja sa att de va du som beställt den.

– Du kan få ta en tugga och prova om du vill, men bara en liten tugga. Jag är skithungrig.

– Tack, men nej tack. Neog för att jag brukar ha lite udda matkombinationer men kebab och makrill... där går gränsen.

Hon tappade en servett på golvet och Lemke tog upp den och kastade den i papperskorgen, men i papperskorgen såg han något som fick honom att fundera.

– En tom mazareineförpackning. E de deu som äitit åpp mazareinerna Katta?

Katta hade munnen full med mat och nickade bara som svar.

– Katareina... du har börjat äta ganska mycket peå sista teiden.

Hon tuggade ur munnen och svalde.

– Dä har jag väl inte. Jag har väl alltid gillat att äta.

– Jo men ja tycker nog att du äter mer neu än teidigare.

– Äh! Inbillning.

117

Lemke drog till sig papperskorgen och pillade lite bland skräpet som låg där.

– En tom godispåse, en tom chipspåse... bananskal, och vad har vi här då? Två tomma prinskorvspaket och en massa glasspapper...

Han vecklade upp det glansiga papperet och läste på det.

– Storstrut.

– Gud vad äcklig du är som gräver i soporna. Vem vet, Markel kanske har runkat eller nåt i papperskorgen.

Lemke släppte genast storstrutspapperet och torkade av fingrarna mot byxorna.

– Katta! Varför skolle Markel... va fick du dä ifrån?

– Ja man vet ju aldrig. Han och Leila gör väl inget annat än snuskar sig. Ibland hörs det ända ner.

– Ja de är ju inte speciellt diskreta.

– Vad menar du?

– Jo när de va på Skreikmåsen teidigare gick de in på teoaletten och förde ett väldans liv, de hördes ända ut till matsalen.

– Nähä! sa Katta med gapande mun.

– Jo, de är säkert... men allvarlit talat Katta. Du är väl inte graveid?

Det var tur att Katarina tuggat ur munnen för annars hade hon nog satt i halsen.

– Gravid?! Är du inte klok? Det är jag väl inte!

– Är du säker peå dä?

– Öh... Ja!

– Ja men du ha ju börjat äta meira neu än motför teidigare. Sedan brukar kvinnor feå en massa konstiga cravings när de är graveida.

Han såg mot det lilla som var kvar av kebabrullen.

118

– Ja syftar peå makrillen.

– I sånna fall så har du varit gravid i flera år med alla dina sjuka smakkombinationer.

– Ja meinar inget illa. Har du haft mensen som deu ska?

– Jaa... svarade hon tvärt, men hejdade sig.

– Du funderar. Har du inte haft din mens?

– Öh jo, men...

– Men vad?

– Den är bara lite sen. Den kan vara det ibland och det är inget att bry sig om.

Lemke blev allvarlig och satte sig på huk framför henne och la sina händer på hennes lår.

– Va ärlig neu. Kan det vara så att du är graveid?

Hon tvekade och det var svar nog för Lemke.

– Nää, jag är inte gravid.

– Men du veit inte säkert, eller hur?

– Nej jag vet inte helt säkert. Jag har inte ens tänkt tanken, men jag känner min kropp och jag tror inte att jag är på smällen.

– Tänk om du är med barn Katarina. Tänk om vi ska få en liten parvel som springer och hoppa runt som en leiten kanein. Herregud va gullit!

Katta såg undrande mot honom.

– Hoppa runt som en liten kanin?

– Ja meinar bara att det skulle vara så gullit med en leiten unge som springer runt oss.

– För det första så tar det typ ett år innan en unge springer omkring, mycket mindre hoppar omkring. För det andra så är det en ganska konstig liknelse att jämföra ett människobarn med en kanin.

– Vad du märker ord. Men du måste ju kolla åpp om du är meid barn.

– Jag är inte med barn säger jag ju, men visst kan jag ta ett test. Kan inte du hämta colan i kylen?

När han gick mot köket för att uppfylla hennes önskan funderade hon på det han sagt.

Inte för att jag tror att jag är på smällen, men om jag blir det någång... tänk om han vill uppfostra vårt barn som en kanin? Kan sånt där sjukt gå i arv?

Hon visste inte men tanken gjorde henne fundersam och tankarna fick eget liv och det dök upp mindre trevliga bilder. Hon såg framför sig en liten varelse i en kaninbur, den var till hälften människa och hälften kanin och hon såg hur Lemke matade den med salladsblad. Sedan såg hon hur den lilla kaninmänniskan hoppade runt i gräset utanför Lemkes hyreshus och hur han höll den i ett litet koppel.

Hon försökte skaka av sig tankarna och koncentrerade sig på den sista biten av kebabmakrillsrullen istället.

Kapitel 33.
Dag 3. Lördag 3:e September
Rutschkanan.

Lena Gravin hade jobbat i 15 år som förskolepedagog. Tidigare kallades det bara för dagisfröken men nu var det förskolepedagog som gällde. Hon gillade det, det betydde att hon hade en riktig titel och att det inte bara var barnpassning hon sysslade med. Hon var nyss fyllda 50 och hon trivdes bra på sitt jobb.

Alla barnen var ute och lekte och hon hjälpte en fyraårig pojke upp för den branta trappen till rutschkanan. När han stod högst upp såg hon sig försiktigt om mot skolhuset. Två andra pedagoger stod en bit bort och pratade med varandra men de tittade inte åt hennes håll.

– Ska du sätta dig ner då Alvin. sa hon till pojken.

– Ja. svarade han, men just som han skulle sätta sig puttade hon honom lätt i ryggen, samtidigt hade hon sin andra hand framför hans ben.

Tekniskt sett så fällde hon honom så han ramlade framåt och slog hakan i plåtkanan.

– Men Alvin hur gick det? Du måste vara försiktig. sa hon med hög röst.

Sekunden senare började lille Alvin gråta. De andra pedagogerna riktade nu sin uppmärksamhet mot dem.

Pojken skrek och grät och Lena var snabb med att lyfta upp honom. Hon kramade honom och gjorde sitt bästa för att trösta.

– Hur gick det? frågade en av de andra pedagogerna.

– Det gick bra. Han behöver bara lite tröst. svarade hon.

121

– Du har bra hand med barnen du Lena. sa den andra.

Alvin som inte riktigt förstod vad som hänt lugnade sig snart i den snälla frökens famn. Han var glad att hon så ofta fanns till hands när han gjorde sig illa. Hon var så snäll och det kändes skönt att ha någon att krama när det gjorde ont. Men han tyckte ändå att det var konstigt att han ramlat. Och det hade precis känts som om han fått en liten knuff i ryggen innan han föll... men det var nog bara fröken Lena som försökt få tag i honom så han inte skulle ramla. Han hade nästan slutat gråta när hon plötsligt släppte honom.

Alvin kände hur gråten kom tillbaka och han sträckte sig efter henne för han ville ha mer tröst, men Lena gick ifrån honom.

Gråten skulle precis till att eskalera då han hejdade sig.

Vad ska fröken Lena göra? Ska hon åka rutschkana? tänkte han förvånat.

De två pedagogerna som åter börjat prata kom av sig på nytt. Den ena pekade mot Lena.

– Vad håller hon på med?

Lena klättrade upp för rutschkanan... men inte för att åka. Hon fortsatte klättra. Det fanns ett litet spetsigt tak ovanför platån där rutschkanan började och det var det hon höll på att bestiga.

– Lena... Vad håller du på med? Du kan ramla ner.

Lena svarade inte utan fortsatte bara klättra. Synen var rätt malplacerad. En medelålders gråhårig kvinna med minst 15 kilos övervikt passade inte riktigt in att klättra på ett tak. Det var onekligen en syn som skar sig mot vardagens mönster.

Mot alla odds lyckades hon ta sig upp på nocken av det lilla taket. Alla barnen på lekområdet hade nu stannat upp och såg mot fröken Lena.

– Jag tycker om att göra illa barnen! Det var jag som knuffade Alvin så han slog sig. Jag gjorde det för att han skulle söka tröst hos mig. Jag älskar att få trösta barnen, då känner jag mig viktig och behövd... och älskad. Jag har medvetet gjord illa barn så länge jag kan minnas, men nu vill jag göra illa mig själv.

Så hoppade hon rätt ut från taket, precis som om hon skulle göra ett trampolinhopp över en simbassäng, felet var bara att det inte fanns nån simbassäng. Däremot fanns en sån där röd cykelkarusell som man cyklar runt runt på.

Lena landade illa utan försök till att ta emot sig i fallet. Ett krasande ljud hördes när något gick sönder i hennes kropp och ett hjärtskärande skrik av smärta ljöd över lekplatsen.

Kapitel 34.
Spindelmannasinnet.

– Klättra hon upp på taket å hoppa ner på cykelsnurren? Markel skrev ner det Märta, en av förskolepedagogerna som bevittnat det hela nyss sagt. Hon nickade. Markel ansåg nog att han stigit lite i rang bara för han fått skjutsa Knujt i sin gamla Volvo herrgårdsvagn. Knujt lät honom hållas... så länge han inte gjorde något fel ville säga.

– Och efter dä så sa hon...

Markel upprepade det han skrivit att Lena sagt innan hon hoppade.

Märta nickade igen och tände en cigarett.

– Dä ä ju inte så bra ord att säga av en dagisfröken. Man skulle kunna säga att dä ä nog de sämsta ord en dagisfröken kan säga.

En till nickning. Märta reagerade inte ens på att Markel uttalade den gamla förbjudna benämningen "dagisfröken".

Knujt skulle just till att fråga något men nu var Markel på hugget och gick in i chefsrollen med hull och hår...

– Ligger dä nå i dä hon sa då?... Att hon bruker göra illa barna för å få trösta dom å känna sä viktig?

Märta drog några djupa halsbloss och såg ut att tänka efter.

– Jag vet inte... det är inget jag har tänkt på. Alla barn ramlar och slår sig. Det är ju alltid nån som gör sig illa.

– Å dä råker inte va så att dom flesta som griner är i närheten av Lena?

Märta funderade.

124

– ... Jo kanske?... När jag tänker efter så är det hemskt många som hon har tröstat... och det är ganska många som gjort sig illa i hennes närhet.

Hon såg aningen skärrad ut av den insikten.

– Herregud! Är de hon som har gjort illa dom?!

Hon höll sig chockat för munnen.

Nu ville Knujt inte vara andreman längre så han skyndade sig att fråga.

– Hur betedde hon sig precis innan hon hoppade?

– Hon var som vanligt... förutom att hon klättrade upp på rutschkanetaket då förstås, men hon verkade lugn och normal.

– Och sen sa hon det hon sa och så hoppade hon... utan försök att ta emot sig? frågade Knujt.

– Ja, det var hemskt att se. Vi kommer få det svårt med att förklara för alla barnen varför hon gjorde det. Och det med att hon medvetet gjort illa barnen måste vi försöka få till som att hon bara skojade. Hur ska dom annars kunna lita på oss vuxna.

Knujt hade gärna velat prata med Lena men hon hade tagits till sjukhuset strax innan han och Markel kommit till platsen. Nu låg hon nedsövd för operation och det skulle nog dröja innan de kunde höra hennes version av vad som hänt.

– Ja det gör nog mer skada om ni säger att hon gillade att göra illa barnen och dom behöver nog all tröst de kan få. sa Knujt.

– Chiefen, kan du komma ett slag. viskade Markel och vinkade med sig Knujt lite avsides.

– Känner du nåt mä "Psyk-snutsinnet"?

– Psyk-snutsinnet?... Vad är det?

– Ja men din psykförmåga... Psycic cop liksom.

125

– Psycic cop och Psyk-snut är inte riktigt detsamma.

– Nä ja vet, men ja tycker dä låter fränt ja. Skitsamma... Visst ha ja rätt då?

– Med vad?

– Mä att ditt Psyk-snutsinne ha börjat larma precis som spindelmannasinnet. Om du hade vare en tecknad seriefigur nu så hade man nog sett sånna där vågiga streck runt skallen på dig.

– Vågiga streck? Vad snackar du om?

Knujt förstod nog vad han menade, han var ju inte så gammal att han inte läst spindelmannen som barn. Men han ville låtsas som han inte förstod.

– Skitsamma! Ja mener, visst känner du av att dä här hör ihop mä Åke-Lars å mjölkglaset... å David å hans luftjuckande?

Knujt nickade. Psyk-snut eller inte så hade han kopplat samman händelserna. Frågan var bara hur allt hängde ihop. Han tänkte på Åke-Lars och hur de sett mjölkincidenten på övervakningsfilmen som Lemke visat dem. Knujt såg sig omkring och lade märke till några uppmonterade kameror på en lyktstolpe inne på lekområdet.

– Markel, se till att få en kopia av övervakningsfilmerna här. Sen kan du kolla hur det är nere vid Färjeterminalen och se om de också har några övervakningsfilmer som vi kan ta del av.

– Bra jobbat Psyk-snuten, bra idé.

– Jag vill inte bli kallad Psyk-snuten. Det låter ju som om jag vore störd.

– Nä inte rå... Isåfall skulle ja ju säga "Störd-snuten" ha, ha! "The Psyco-Störd-Snut on the Crazy Island" ha, ha!

– Då är du " The Skratting Krulltott with dålig humor"
kontrade Knujt.

– Äh, dä va väl inge rolit ä. svarade Markel trumpet.

– Nä inte Psycho-Störd-Snut heller.

– Okej, aj get the poäng. Aj ska taking omhand with the
over-vaking kamera.

– Surveillance camera heter det… by the way, om du ska
hålla på att prata engelska.

– Visserstisser! svarade Markel med ett litet leende.

– Besserwisser heter det och jag tror det är tyska.

Kapitel 35.
Köket.

Det lät annorlunda när en katt talade till henne mot för när en människa gjorde det. När en katt pratade så hörde hon rösten inne i huvudet, och det var inte direkt ordagrant som hon uppfattade det som sades. Det var mer en känsla av vad katten ville säga.

– Vakna Lotta! Dövgubben har slängt bort vår lortkoja och ställt dit en ny... en som inte luktar som oss, en som inte luktar nåt alls... bara nytt. Fy vale!

Lotta som somnat till i fåtöljen sträckte lite på sig och gnuggade sig sömnigt i ögonen. Svart-Glenn satt på golvet intill henne och stirrade.

– Va säger du? Ha Lennart slängt loschtköja eran?

– Ja det har han. Han håller på att slänga en massa andra saker också. Det ser för jävligt ut i köket nu.

Samtidigt som katten sa det hördes ett skramlande från köket.

– Va fan höller en där kåsen på mä nu då?

Hon reste sig och gick med bestämda steg ut mot köket men blev ståendes i dörröppningen.

– Va gröne gör du karlskrälle?!

Lennart vände sig om mot henne.

– Godförmiddag Lotta. Jag hade hoppats hinna klart innan du vaknade. Vad tycks?

Lotta såg sig omkring i köket som nu såg ut att vara tre gånger så stort.

– Va i fridens tider ha du gjoscht föla'? Ha du föschtora köke mett?

– Fridolfs skidor går fort... och bar du förhistoriska kökets pitt?

– Äh, tänk dä gånt´ då prata mä däg ä!

– Stänker det får som inte vill prata med en väg?

– Va ha du gjoscht i köke mett?! skrek hon.

– Lort i köket ditt?... Jo det kan jag då hålla med om. Det är därför jag håller på att städa. Jag har kastat ut sånt som är gammalt som du inte behöver spara på. Jag hittade tidningar från 1972... och såna där tomma mjölkförpackningar från den tiden då de var gula eller blå med sånna där små ruter. De måsta väl vara från 70-talet de också.

Nu förstod Lotta varför hennes kök såg så stort ut. Två tredjedelar av hennes saker var borta.

Folk sa att hon hade samlarmani och sparade på allt, men hon ville inte kasta något för man visste aldrig om det kunde komma till användning.

– Se där på köksoffan! Vår mysiga lortkoja är utbytt mot den där nya och rena kartonglådan. Den luktar inte ens surt och gott.

Nu var det Röd-Glenn som påpekade deras nya rena hem.

– Var noscht ha du gjoscht åv katternas loschtköja?

– Va? Jag hör inte vad du säger. Vänta, jag kom på att jag glömt ta på hörapparaterna.

– Ja ska fan skruv fast döm där mackapärena i skallan på dä så du aldrig får åv döm. muttrade Lotta.

– Va sa du, ska du ruva fart på pärena i skålen med rom? Säg om det där för nu är dom på.

– Var fan ha du slängt grejerne mine?!

– All gammal lump är ute på gården. Jag tänkte vi kan göra en brasa.

– Tänk du ella upp grejerne mine?! Änt´ du rektet klok ä?!

129

– Jag gör dig ju en tjänst. Det har ju inte städats här sedan Sundsvall brann.

– Höh! Dä må så vara men ja vill inte städa.

– Nä det begriper jag väl, det är ju därför som jag gör det åt dig. Det blir ju enklare att hitta det man behöver när det inte är så fullt här.

– Jag hitta då allt ja när dä va som dä va. Nu hitter ja väl inte nåran ä.

Hon såg mot något som låg på köksbänken.

– Va ä dä där fla då?

– Ja inte vet jag.

– En storan svaschtan fågelfjäder. Va gör den dänne? Inte ha ja haft nån sån ä.

– Det är efter den där tjuvaktiga korpen, det var jag som lyckades slita av en fjäder på den svartfan. sa Röd-Glen.

– Det är väl inget fel på att vara svart din gamla rödfräs! fnös Svart-Glenn, och strax började de springa runt och ge på varann så tussarna yrde.

– Jah. Fjädern ä ätter den där tjuv-köschpen, säger katterna.

– Jaha. Du kanske ska spara den där som bevis och ge den till polisen. Dom kanske kan göra ett sånt där DNA-test om dom får tag på fågeln... så dom vet att de har fångat rätt fågel. sa Lennart.

Lotta stirrade på honom och funderade om han menade allvar. Det verkade så.

Plötsligt råkade hon kliva på något som knakade till under hennes tofflor, när hon såg att det var ett torrt mumifierat råttlik insåg hon att det kanske inte var en så dum idé att städa trots allt. Tänk om katterna skulle få för sig att gnaga på en så gammal råtta, då kanske de skulle bli sjuka. Det ville hon ju inte. Hennes tankar avbröts av att hennes fasta gamla telefon ringde.

Kapitel 36.
Ett passande namn.

– Men hej Lotta, dä ä Markel.

– Markel?... öcken Markel?

– Dä finns väl inte så många Markel hänne på ön så du läre väl veta vem ja ä!

– Ä dä du söm sitter i vakten, å söm ä smal å gänglig å har sånt förbannat krullit hår?

– Ja dä ä ja dä.

– Permanenter du dä eller ä dä så där krullit åv sä själv?

– Dä ä så av sä självt. Skit i håre mitt nu. Skulle du tycka dä va rolit om ja prata om ditt gråa tunna gammelhår?

Lotta blev tyst.

– Nä, ja tänkte väl dä. Innan du å Lennart stötte ihop mä en där juckern, såg ni nå speciellt? Nån annan misstänkt person liksom?

– Juckern? Va gröne ä en jucker föla´?

– Öh... ja en som jucker då.

– Jaha, du mener en där tokfan söm ja slog på näsa.

– Ja precis.

Det blev tyst.

– Öh... såg ni nå annat? Nåt misstänkt? upprepade Markel.

– Nere vid Terminalen?

– Ja... eller finns dä nå fler juckare som du slage på näsa nån annanstans?

– Nä, dä räck väl mä **en** sånnen där tokjävel. Nä, vi såg då inte nå anne kås vi ä.

– Är du säker på dä?

132

– Ja. Dä va inge anne säger ja. Hör du lika dålet söm Lennart du?

Markel suckade.

Ja få höra mä Lennart sen. Kanske han ha bättre minne.

– Minns du nå andra personer på Terminalen då?

– Nä.

– Inte nån?

– Nä. Dä va ingen söm va nära nog, förutöm en dä nakentoken då.

Men Markel mindes att han sett en joggare springa förbi dem.

– Dä va en joggare som sprang förbi er, såg du vem dä va?

– Nä, dä va då ingen söm va ute å sprang ä.

– Jo.

– Näe säge ja!

– Du Lotta… vet du vart Lennart är?

– Ja han ä hänne å stöker tell i köke mitt.

– Kan du fråga om han minns nåt konstigt eller märkligt.

– Vi såg inge könstet säger ja ju.

– Ja men fråga Lennart ändå.

Lotta gjorde det och Markel kunde höra hans svar.

– Nej jag minns inget märkligt eller misstänkt.

– Där sir du då! Tänk öm du kunna lyssna på va man säger.

– Minns han nån joggare då?

– Nä dä minns han inte för dä va ingen söm va ute å rände. Nu hant´ ja ti å prata nå mer mä däg ä…

Hon skulle just lägga på när Lennart sa.

– Berätta att du har en korpfjäder från den där tjuvaktiga korpen… om dom vill göra en DNA-analys.

– Inte ha väl polisen ti å gö nån DNA-analys på nå fjädrar ä begrip du väl.

133

Hon vände sig mot luren igen.

– Ha ni hitta mine juveler då... söm va värd 175.000:-?

– 175.000? Du sa ju att dom va värd 75.000 sist vi pratas vid.

– Jasså... Ja men nu ha ja kolla åpp va krimskramse va värt, å dä va 175.000:-

– Nu tror ja du överdriver lite Lotta. Du vet väl att du kan åka dit för bedrägeri om du försöker lura till dä pengar. Dä borde väl du ha koll på som ha sutte som nämndeman i tinge.

Lotta blev tyst och Markel fortsatte.

– Sen är det som så här... du måste göra en anmälan å skicka till försäkringsbolaget, å dom vill nog ha kvitto på allt som stals. Ha du inte dä så kan dä ju se ut som försäkringsbedrägeri. Straffet på dä ligger på 12-års fängelse... eller livstid. ljög han. Kunde hon hitta på så tänkte inte han vara sämre.

– 12 år te livsti?... mener du allvar?

– Ja, dä ä säkert dä!

– Åh jädrar va dä ha öka sen ja satt i tinge....

– Ha du skicka in nån anmälan till försäkringsbolaget? frågade Markel allvarligt, men flinade i själva verket så huvet höll på att trilla av.

– Öh... nä, men ja ska. Du kan ju vänta lite mä en där polisanmälan. Ja återkömmer när ja ä klar mä försäkringsbolage. Adjö mä dä Vakt-Markel.

Markel log självgott. Att juvelstölden varit påhittad hade han förstått, men avsikten med samtalet hade varit att identifiera de personer han sett på övervakningsfilmen, för att sedan kolla om nån av dem kunde ge honom fler upplysningar och iakttagelser. Fick han koll på alla personer som vistats i området så skulle det vara en bra grund.

Han ville kalla dessa fall, som eventuell innehöll övernaturligheter för nåt speciellt.

– Case som kanske is spooky?... Nä, för långt. Supernaturligafall?... Nä dä låter ju skitdumt dä, som om dom var mer naturliga än dä som ä naturligt. Varför låter allt så bra på engelska för?

Han grubblade lite till.

– Unnatural case?... Nä, för engelskt. Ja vill ju ha nå som låter svenskt men ändå internationellt, nåt som typ Arkiv-X, fast nå eget. Dä handler ju om övernaturligt eller nå skrömtigt... Kanske "Skrömt Z". Näää... nu vet ja, "Skrömty-Kryss"! Dä ha ju både den svenska betydelsen skrömt och kryss istället för X.

Han flinade för sig själv och ville pröva hur det lät.

– "Chiefen, nu har vi ett nytt Skrömty-Kryss case på the skrivbord"... eller, "dä nya Skrömty-Kryss fallet är vorse then we kunde ana".

Han kände sig nöjd, speciellt om han la in ett amerikanskt R i både Skrömty och Kryss, då lät det lagomt tufft tyckte han.

Han återgick till övervakningsfilmen.

Ön var ju inte så stor och han hade skaplig koll på öborna, men att identifiera folk på en skärm med halvtaskig upplösning var en annan femma. Han skulle gå igenom filmerna från Skrikmåsen och förskolan senare, om han kände igen nån som fanns med på samtliga övervakningsfilmer så skulle de kanske ha något att gå på i deras nya "Skrömty-Kryss fall".

Kapitel 37.
Pippigul.

Eftersom han var chef så kunde han med gott samvete beordra sina underhuggare att arbeta medan han tog tag i andra saker. Han behövde ett fordon och Maja fick skjutsa honom eftersom hon var ledig. De stannade först på det så kallade torget. Inte långt från fontänen med "kräk-älgen" fanns en anslagstavla där folk kunde sätta upp lappar om bortsprungna katter eller saker som de ville bli av med... så som bilar. Men där hade han ingen tur. Maja rattade vidare till Skrikmåsen. Där inne fanns också en anslagstavla.

För att inte folk skulle undra så mycket satt Maja kvar i bilen.

Så fort Knujt kom innanför dörren halkade han på en hal fläck på golvet. Han landade på sin vänstra axel och skottskadan gjorde sig påmind.

– AJ SOM FAN! skrek han.

– Heur gick de Kneut?

Lemke kom springande för att hjälpa honom upp.

– Vilket jävla liv du för! Du ska inte skrika å svära så förbannat hänne ä. Fölk kan ju få för sä att döm kan bete sä hur söm helst.

Sur-Stålblom stod bakom disken och muttrade.

– Va fan, har ni bonat golvet eller? snäste Knujt medan han lät sig hjälpas upp.

– Det va Dyng-Gustav som va här teidigare som snodde med sig neåra smeå smörpakeit. Så skolle han sneyta sig å flera av pakeiten föll ur fickan, seå kleiv han peå dem seå smöret kladdades ront peå golvet. Ja torkade där alldeles nyss.

– Då torkade du dåligt. Satan va ont det gör i skottskadan. Lemke hade inget svar på det och kunde bara tänka sig hur ont det måste göra.

– Vet du om det finns några bilannonser uppsatta på anslagstavlan? undrade Knujt för att gå över till det han kommit för.

– Ja veit inte säkert, men ja trer de finns nån annons.

– Köm hit å jöbba nö din halvdansk! En där Värmlänningen klarer sä själv han nö. ropade Rune från kassadisken och Lemke lommade iväg.

På anslagstavlan fanns en annons om en pippigul Wolkswagen Caddy från 2004 för 30.000. Varken färgen eller modellen var väl den han tänkt sig… och inte prisklassen heller. Men eftersom han inte ville vara beroende av att andra skjutsade honom fick han väl ta det som erbjöds. Att ta sig in till fastlandet för att kolla på bilar skulle ta för lång tid.

Det stod inget namn på annonsen bara ett mobilnummer.

Efter tredje signalen svarade en man.

– Ja hallå.

– Hej, jag heter Knut och jag är intresserad av den där gula Caddyn som du har till försäljning. Finns den kvar?

– Ja den är kvar.

– Finns det möjlighet att komma och kolla på den idag? Om allt verkar okej så skulle jag vilja köpa den.

– Jo det ska väl gå bra det. Bor du här på ön eller?

– Ja det gör jag. svarade Knujt och tyckte sig känna igen rösten på mannen i telefonen.

– Va sa du att du hette?…

137

– Knut Waxler, det är jag som är polis här på ön. Du kanske vet vem jag är.

Som svar hördes ett skratt.

– Ha, ha, ha! Jasså det är Snut-Knut, han som lyckats kvadda två bilar på två dagar och som vill ha sig en tredje bil att förstöra, ha, ha!

Nu kände Knujt igen den läspande rösten.

– Snekäfts-Bosse!

I vanliga fall så brukade öknamn inte uttalas när personen i fråga var närvarande, typ som Dyng-Gustav eller Sur-Stålblom, men det var ingen vits att vara hövlig mot Bosse så Knujt sa öknamnet högt.

Bosse i sin tur tog inte anstöt.

– I egen hög person. Jag får tyvärr meddela att bilen inte längre är till salu. Jag kom på att jag vill ha den kvar. Du förstår att jag står ute på gården och grillar nu...

Knujt avbröt honom.

– Står? Du menar väl att du sitter...

– Ha, ha. Där va du rolig din jävel. Ja jag sitter ute och grillar och just den där bilen med sin gula färg skiner som en sol... och man vill ju ha så mycket sol som möjligt nu när det snart är höst. Så jag vill nog ha den kvar... åtminstone tills nån annan vill köpa den. Du kan ju gå istället, det ska vara bra med motion för gubbjävlar över 50.

I sin skadeglada förtjusning sträckte Bosse sig efter ölen som stod vid den stora kolgrillen. Men han koncentrerade sig på samtalet och märkte inte flaskan med tändvätska som stod intill ölen. Samtidigt som han fingrade efter ölen stötte han till flaskan så den föll rakt in i grillen.

– Satan! skrek han när elden flammade upp.

– Vad är det? undrade Knujt som hörde tonändringen i Bosses röst.

Bosse la ifrån sig mobilen och skulle försöka få bort flaskan och stänga locket på grillen men han nådde inte riktigt så han körde rullstolen lite närmare, men då stötte han i benet på grillen och hela chabraket tippade omkull.

Tändvätskeflaskan kom i kläm på något sätt så den sköt iväg som en projektil med en sprutande eldkvast efter sig och det tedde sig inte bättre än att den flög rakt in i det öppna fönstret på den pippigula Caddyn.

– Det brinner! Biljäveln brinner! skrek Bosse.

Knujt trodde först att det var nåt dåligt skämt, men så hände en sån där märklig övernaturlig grej igen. Han fick en vision. Han såg hur det brann i en gul Caddy och han såg en omkullvält grill och kände igen gården. Det var hos Snekäfts-Bosse.

– Lemke! Ring brandkåren och skicka den till Bosse Fjords hus. Det brinner i en bil på hans gård.

Lemke hörde allvaret i Knujts röst och gjorde som han sa utan frågor.

Eftersom Knujt sett det han sett i sin vision visste han att det inte skulle bli något bilköp även om Bosse nu kanske ville ändra sig.

När Knujt kom tillbaka ut till Majas bil tittade hon på honom och verkade vilja ha en redogörelse. Det syntes på Knujt att det hänt något.

– Det fanns en bil till salu, men det blir inget bilköp. Bosse råkade tända eld på bilen. Jag tror inte jag ska ha nån bil. Kan du skjutsa hem mig är du snäll?

139

– Ja det kan jag väl. svarade hon och fick vara nöjd med den korta redogörelsen.

På väg till Knujts torp körde de förbi Bosse Fjords hus och brandbilen verkade precis ha anlänt. De skymtade Bosse sittandes i sin rullstol med en pulversläckare och det vällde ut eld och rök ur den tidigare så pippigula Caddyn. Men nu var den mer svart än gul.

Kapitel 38.
Röklukt och bilfärd.

Något kändes fel. Visst var hon ringrostig efter att hon legat 10 år i koma, men hennes överkänsliga sinnen sa henne att det var något som hände som inte hörde till vanligheterna. Åsa fick en väldig lust att gå in till sovrummet, vilket hon gjorde. Det var snöret med alla fingrar och andra kroppsdelar som lockade på henne.

Hon kände med handen över de torra mumifierade fingrarna men stannade vid det finger som fortfarande var färskt.

– Va vell du säga mäg då Bosse Fjord?

Hon blundade och lät handen känna energin från det avklippta lillfingret.

Det luktade brandrök och hon såg en bil som brann... en väldigt gul bil. Hon såg hur Bosse försökte släcka elden med en brandsläckare och hon såg den där polisen.... Han for förbi i en bil och tittad ut genom passagerarfönstret.

Hon var van sådana här visioner men så fort hon såg polisen vittrade visionen sönder likt ett poröst Mariekex.

– Va ä dä söm ä så speciellt mä däg då din polisspoling? Föschöker du gömma dä för mine skuggögen?

Hon fick så klart inget svar men hon anade att det var så det låg till. Den där polisen som Bosse Fjord ville skada var inte som alla andra. Att han drabbats av olycka var ju inte så konstigt, det var ju det som var meningen. Det konstiga var att Bosse råkade minst lika illa ut. Först hade han mist ytterligare ett finger på sjukhuset, sedan föll han ur rullstolen och slog i skallen, och nu hade hans bil brunnit upp strax efter att hon gjort så att Knujt halkat på Skrikmåsen. Fortsatte det så här skulle det inte locka fler kunder. Om de som sökte hennes hjälp råkade lika illa ut som den som de ville skada så var hon snart arbetslös.

– Ja får nog ta å plöcka fram akvariet igen å si genöm tidens söm.

Kapitel 39.
Färdmedel.

Efter att de passerat Bosses hus med den uppeldade bilen sa de inte så mycket, men när de nästan var framme vid Bjärudden frågade Maja.

– Vad ska du hem till torpet och göra?

– Ja jag tycks ju inte fungera så bra ihop med bilar så jag tänkte plocka fram en gammal cykel som jag sett ute i vebon.

– Cykel?! Ska du cykla?

– Ja, vad är det med det då? Det är ju miljövänligt och så får jag ju motion också.

– Men du kan ju ta Tages Volvo. Jag har tänkt sälja den men du kan ju låna den tills du hittar en egen bil.

– Nej tack, jag vill inte sitta i hans bil... det skulle kännas... ja jag vet inte... inte bra i alla fall. Nä, jag tar cykeln, det känns säkrast.

– Det måste väl vara säkrare att åka Volvo än att cykla?

– Det vete väl fan. Jag har kvaddat två bilar på två dagar, och den tredje bilen som jag var intresserad av brann upp innan jag ens hade köpt den.

– Okej, jag förstår. Jag tänker inte tvinga dig. Cykla du om du vill, men ta på dig en hjälm.

Knujt såg mot henne.

– Hjälm! Jag har då aldrig haft en hjälm när jag har cyklat och jag tänkte då inte börja med det nu.

– Värst vad du låter förskräckt då, jag bad dig inte att ha en stor korv på skallen, det var bara en hjälm. Du vet att den skyddar huvudet.... Kan ju vara bra att ha om du råkar stöta på nån bärgare eller så.

143

Knujt utmanade hellre ödet än att han tog på sig en cykelhjälm. Folk såg ju inte klok ut i dom där äggskalen. Förresten så hade han ingen heller, så han fick så lov att klara sig utan.

Maja släppte av honom vid torpet och lät honom fixa med cykeln själv. Ville han nåt så bodde hon ju i grannhuset.

Kapitel 40.
Akvariet.

Spott-Åsa på Höjden hade alltid haft gåvan, förmågan, kraften eller vad man nu ville kalla det. Som liten kunde hon se avlidna människor och även oknytt som älvor och vättar. Först trodde hon att alla såg dem, men hon blev ganska snabbt införstådd med att det endast var hon som såg dem på "skuggsidan".

Det var hennes mor som förklarat om "skuggsia" som hon uttryckte det. Det var som en annan värld som låg parallellt med denna och där fanns väsen och varelser som bara den som var "skuggögd" kunde se. Åsas mor sa att de skuggögda var utvalda och att de var bättre än vanliga människor och att de fått dessa gåvor av gudarna. Det var gudarna som valt ut vissa människor som de ville kommunicera med. Vanligt folk hade för lite förstånd för att prata med gudar och de skulle bli tokiga hade hon sagt. Det var bara dessa utvalda som var starka nog att ha kontakt med de högre makterna.

Eftersom Åsa ända sedan hon var liten hade en fallenhet för att skada människor som hon inte tyckte om så undrade hon hur gud kunde tillåta det. Gud skulle väl vara god. Men hennes mor hade sagt att det fanns många gudar och att det var gudarna som valde vilka människor de ville ha kontakt med. Om man var god kom en god gud till en, hade man fallenhet för att göra ont ... som Åsa, då kom någon annan.

Och så hade det blivit. Inte för att Åsa var så säker på att det var gudar, men något som var mäktigare än människor var det i alla fall.

Akvariet som hon använde sig av var i stort sett ett vanligt akvarium. Det var fyllt med vatten och i det simmade en svart ål som mest fick blodiglar att äta, men först hade blodiglarna fått suga sig mätta på Åsa.

Akvariet stod på ett trebent trollbord som hon ärvt av sin mor. På baksidan av akvariet tände hon ett ljus och smörjde sedan en stark salva under ögonen, salvan fick hennes ögon att tåras. Slutligen skar hon ett snitt med sin runkniv i sin vänstra handflata och lät blodet droppa ner i vattnet samtidigt som hon uttalade några märkliga fraser. Det första hade hon lärt av sin mor, men slutet hade hon lärt sig själv.

– Smaka mitt blod, se in i tid. Sim i mitt blod, du får inge frid. Vis mig va jag vill, så får du sim still.

Hon gjorde ett litet uppehåll och stirrade blint på ljuset på andra sidan akvariet. Ålen simmade fortare och fortare runt runt och blodet rörde sig likt röd eld i det oroliga vattnet.

– Vem ä han söm göm sä, han sägs va polis. Vise mäg vem han ä, du vet för du är vis.

Salvan under hennes ögon fick allt runtom att suddas ut och försvinna, kvar var bara ett rött inferno av det blodiga vattnet som lystes upp av ljuset.

Hon satte händerna på var sida om trollbordet och öppnade sitt sinne, hon lät ålen simma in i hennes medvetande med sina bilder från tidens söm.

Hon hade känt på sig att Bosse Fjord skulle komma till henne. Dagen innan han kommit hade hon använt sig av akvariet för att få en glimt av vem hon skulle få i uppgift att bringa olycka över. Det lilla hon fått fram var att personen kom från ön och att det på något vis inte var allmänt känt. Att det var det enda hon snappat upp betydde inte så mycket för ibland fick hon inte så mycket information.

Nu förstod hon att det fanns andra krafter med i bilden och hon ansträngde sig mer. Det hon såg for förbi i snabba glimtar och det var inte lätt att koppla ihop allt. Vissa saker hade hon ingen aning alls om vad de betydde.

Hon såg Gusten och Maja-Lisa Rojt, två hon visste kom från ön. Men de var unga och hjälpte sin dotter Hulda att förlösa ett barn.

Ett bar? Hulda hade väl inga bar? tänkte Åsa intresserat. Hon fick känslan av att barnet hölls hemligt och hade förflyttats till en annan ort. Det kom glimtar av ett barn som växte upp någon annanstans. På en av bilderna som svischade förbi såg hon en fabrik med skorstenar och en massa rök i bakrunden.

Dä sir ut som Iggesund. Växte pöjken öpp i Iggesund?...
Så byttes scenariot ut mot ett avskyvärt väsen, hon ryggade till. Det var en mycket gammal gestalt som befann sig i mörker. Hon fick en känsla av att varelsen låg i dvala. Det blixtrade till och hon såg samma varelse i ett upplyst sjukrum. Varelsen var näst intill svart i hyn och hade några ålliknande tentakler som stack ut ur bröstet på honom. En penna satt instucken i näsan och så kom en såg svingandes mot varelsens hals.

Nu hände något märkligt. För det första hade hon aldrig sett det skrynkliga svarta tentakelmonstret, men ändå kändes det som hon visste vem det var. För det andra så smulades visionerna sönder och en annan gestalt dök upp. Denna varelse visste hon mycket väl vem det var.

– Du är och letar där du inget har att göra. sa Älgkärringen med sin hemska stämma.

Åsa var så oförberedd på dessa visioner att hon inte hann svara innan allt suddades ut och det enda som syntes var en ål som simmade i ett akvarium med rödfärgat vatten.

– Älgkärringa!... Va ha hon mä dä här å göra?... Ja du polisen... ja tror du ä Hulda Rojts hemlia onga... men vem va en där svaschtfan mä tentaklerna? sa hon för sig själv.

Kapitel 41.
Höstkase.

Det hade tagit hela dagen för Lotta att acceptera att det behövde städas. Det var väl efter det 24:e råttliket och 10:e fågelskelettet som hon insåg att det faktiskt var ganska äckligt. Lennart hade påpekat att om hon klev på ett mumifierat gnagarkadaver kunde hon göra sig illa på de vassa råttbenen och då skulle hon säkert få blodförgiftning. Lennart hade hittat en gammal grill i vedboden, hon mindes inte ens när hon använt den sist. Han sa att han skulle uträtta ett ärende men att han snart var tillbaka. Nu såg hon honom komma vinglandes in på gården på sin gamla cykel.

– Ja trodde du hade tröttna på de här elände å inte öschka gör klascht ä´t. Dä ä månge karar söm hitte på kås å sen smiter när döm inser att dä inte va så rolet söm döm trott.

– Men det är väl klart att jag kommer tillbaka Lotta. Inte kan jag lämna dig i denna oreda som jag ställt till med.

– Var ha du vare då? Eller smet du bare unna e skuss?

Då såg hon att han hade två överfulla kassar med Skrikmåsens logga på.

– Ha du vascht å handla?

– Dina fina ögon undgår då inget dom. Ja jag har varit och handlat lite till oss. När det nu inte blev nån lunch i Mellanfjärden och vi inte orkade ta oss ända in till stan för att äta... så tänkte jag att vi kan grilla här ute på gården.

– Grilla... mener du mä en där gammelgrillen?

– Ja precis.

– Inte fan kan vi grilla mä en där ä, å då läre vi ju ha köl å.

Lennart drog upp en påse kol ur en av kassarna.

149

– Du kan ju börja med att elda skräp i den där gamla oljetunnan Lotta, så gör jag iordning middagen.

– Elda?... Räcken't dä öm ja ha skiten kvar ute på gårn då? Ja behövent' väl eld öppet ä?

– Nä Lotta, då får du göra maten så tar jag hand om skräpet. Men då finns risken att jag eldar upp allt och att inget blir kvar.

– Nä då gör ja et' själv. Dä va då ett jävla tjat å!... Elda å elda. Ja läre väl få bestämma själv va söm ska eldas å inte.

Medan Lennart gjorde iordning fläskfilén, skar upp grönsaker och stoppade in en potatisgratäng i ugnen försökte Lotta göra sig av med sina gamla ägodelar.

Lennart såg hur hon först tänkte kasta en gammal pryl i den brinnande tunnan, men så tvekade hon och la den bredvid. Inget kastades i elden.

– Lotta! Om inte du eldar upp eländet så gör jag det. Tänk så här, saker som du inte använt på 20 år har du ingen användning för nu heller. Och saker som du inte visste att du hade kan du ju inte sakna... eller hur?

– Ja, men döm här strömpböxerna hade ja på mä när ja va på Bäschöparken å dansa te Jerry Williams å han stänkte svett på döm, sen dess ha ja inte nännas tvätta döm. Tänk att ja hade glömt boscht döm.

– Ja då är dom bara att kasta, eller hade du tänkt använda dom igen?

Lotta drog lite i dem och de var så intorkade att de trasades sönder i hennes händer.

Hon tog ett djupt andetag och kastade dem i elden.

Efter det gick det lättare. Faktum var att hon länge hade tänkt att städa, men hon var ju ensam och fick sällan besök så det var ingen som brydde sig ifall hon hade det fint och städat. Så var det ju jobbigt också. Hon hade tänkt att hon skulle bli tvungen att fylla soptunnan, och förmodligen behöva leja nån att köra släpvagn till tippen. Att elda upp skiten hade hon inte tänkt på.

Hon eldade och slängde allt från mamelucker till gamla matförpackningar och kartonger, och ju mer hon eldade ju bättre mådde hon.

När Lotta gick in för att hämta potatisgratängen stannade hon upp och såg sig omkring i köket.

– Määän gröne å... mumlade hon för sig själv.

Svart-Glenn och Röd-Glenn låg och sov tillsammans i den nya kartongen och de såg ut att trivas. Hela köket i sig såg helt annorlunda ut och betydligt rymligare och större. Den annars lite sura odören tycktes också ha mattats av. Hon kom på sig själv med att le och kände hur det tårades i hennes ögon.

Det såg riktigt fint ut och i morgon skulle de städa och skura golv, och om hon bytte gardiner så skulle hela köket se nytt ut.

Katterna såg upp från sin sömn. Förmodligen kände de av hennes tårfyllda sinnesstämning och undrade vad som stod på.

– Söv ni, dä ä inge fel på mäg ä. Dä ä bara så rolet när nån kömmer hittens å ser tell så ja får dä så fint. Visst ä han väl bra Lennart då?

Katterna såg mot varann och nickade lite tvekande.

Lotta tog med sig potatisgratängen och när hon kom ut slog doften av nygrillad fläskfilé mot henne. Kvällssolen spred sitt guldgula sken över hennes lilla gård och Lennart hade dukat och hällt upp varsitt glas vin åt dem. Han hade till och med tänt några ljus.

– Du vill väl ja ska bli full gisse ja... skämtade Lotta.
Lennart som precis sippade på sitt vin höll på sätta det i halsen.
– Öh, höm... Men Lotta då!... Om jag vill ge dig ett knull? Du är då inte så pryd i mun du inte, men... nog ska väl det gå att ordna.
– Ja sa FULL!!! Du ä ju döv som en kastrull.
– Har jag en röv som en Grumull? Vad är en Grumull?
– Ähh! Ta hit vine!
– Äta av svine?... Ja vi sätter väl oss ner och börjar äta nu då. Varsågod och sitt min sköna.
Lotta satte sig till bords och Lennart lika så. Lotta smakade på maten.
– Du kan då laga mat du.
– Om jag kan kasta granat nu?
Lotta suckade och lät maten tysta mun.

Kapitel 42.
Grannar.

De var hemma hos Maja och den här gången hade inte Knujt någon bil som han behövde gömma på baksidan av huset för att hemlighålla sitt besök. Cykeln var betydligt enklare att dölja och det fanns ju knappt nån som sett honom på en cykel och som skulle förstå att det var hans.

Knujt gillade det faktum att alla eventuella spår efter Tage fucking Fander var borta. Hon hade gjort sig av med allt från honom. Alla kläder och prylar hade hon skänkt till Röda Korset. Foton och bilder hade hon eldat upp i en tunna ute på gården. Tages Volvo var rätt ny och var värd för mycket för att skänkas bort eller eldas upp, men den stod i garaget så hon slapp se den.

Egentligen skulle de velat gå ut med att de var ett par, men det skulle bara ge folk något att prata om. Det var ju trots allt bara fyra stycken som närvarit vid svartsjukedramat hemma i torpet för drygt en månad sedan, varvid två av dem nu var döda.

Det var då en himla tur att Lillian levt då förstärkningen anlänt, och att hon teg när hon förstod att ingen trodde på hennes lögn. Att hon avlidit efter operationen var ju ganska lägligt så här i efterhand, men det var ändå svårt att förstå.

Majas hus var mycket större än hans, ja säkert dubbelt så stort till ytan med sina två våningar.

– Om jag inte bodde så trångt så skulle jag gärna låta dig flytta in hos mig. Då kunde du sälja det här och då skulle inget av Tage finnas kvar. sa han till henne.

– De gör de ju inte nu heller… Och ditt lilla torp e ju på tok för litet.

– Jo jag vet… men det är charmigt.

– Ja de e de. Jag vet inte… men vi kan väl ha de så här som vi har de. Jag har varit som en fånge i mitt eget hem i så många år. Jag vill känna mig fri och ha något eget ett tag. Jag tror inte jag pallar att flytta ihop med någon än. Inget illa menat Knujt.

– Nej det är lugnt, jag förstår hur du menar. Jag är ju själv van vid att vara särbo och jag skulle ju inte vilja flytta in här. Även fast du rensat bort allt från Tage så skulle det ändå kännas konstigt.

– Vi får vara nöjda med att vi e grannar… och jag menar, vem kan klandra oss om vi skulle få ihop de? Vi e ju grannar och dessutom singlar… som vi blivit på grund av jävligt märkliga omständigheter. Det om nåt e väl en bra grogrund till ett förhållande.

– Ja det är sant. Vi vi får väl köra på den linjen… att vi blev för isolerade här ute efter den ensliga vägen och sökte varandras sällskap.

– Skål på de!

– Skål på det!

Kapitel 43.

Dag 4. Söndag 4:e September

Psykopaten.

Med lite rassel och lite pling cyklade Knujt till vakten på sin mintgröna gamla Crescent damcykel. Däcken behövde nog bytas för gummit var fullt med sprickor och den saknade lyse och var väldigt trögtrampad. Så fort han öppnade personalingången hörde han Katta och Markels ljuvt gnabbande stämmor.

– Ja ha ju klive upp tidigt som en ungtupp för å kunna glåma på dom där övervakningsfilmerna innan Chiefen kommer. Inte fan tänker ja ge dig allt ja fått fram bara för att du ska kunna visa upp dä. Då tror han ju att dä ä du som ha hitta dä där å då ha ja ju jobba i onödan.

– Men nu är det ju mitt pass och du är ledig. Du får väl skylla dig själv om du jobbar när du är ledig. Ge mig det du kommit fram till nu så vidarebefordrar jag det.

– Om du lover å säga att dä ä ja som ha fått fram informationen å inte du.

– Självklart, vad tror du om mig egentligen?

– Ja dä vill du inte veta, men inte ä dä då så skyhöga tankar ä!

– Öhm!

De vände sig om och fick syn på Knujt.

– Men va du kommer ljudlöst då! Ha du smugit hit eller har du cyklat?

Knujt undrade om Markel lyckades gissa rätt eller om han visste att han cyklat.

– Öh, jo jag har cyklat.

155

Markel bara gapade och stirrade på honom.

– Jädrans va fränt. Ja kanske håller på å bli en sån där Psyk-Snut jag å. Hur skulle ja annars kunna gissa rätt så där på en gång.

– Psyk-Snut! Det låter som du har nåt fel i bollen... fast det har du ju också, så det passar ju bra. kivades Katta.

– Äh, Du kan va boll. En dum fotboll... eller dumboll. En dum fotbollsdumboll. svamlade Markel irriterat.

Knujt skyndade sig att avbryta gnabbet.

– Jag hörde att ni hittat nåt på övervakningsfilmerna.

– Nä, dä va ja som hitta, Katta ha vare ledig så hon ha väl olja in sä mä fiskleverolja och rulla naken i gårdsgruset mä skåningen mens ja ha jobba och slite... Men "When you jobbar you skall hitta things som är bra... Öh, good shit... eller inte bra skit, men som om man säger skitsaker fast tvärtom, alltså bra things, men med skit före. Typ skitbra saker... good shit. sa han i ett enda långt svammel.

– Naken i gårdsgruset!.. Pöh! Du ä ju knäpp i hela huvet. Och sen om du ska jolla dig å hitta på egna uttryck så hitta på nåt som inte är så långt, och helst ska det rimma eller låta bra och ha en poäng också... Och håll dig till ett språk.

– Hörrö du...

– Vad är det du hittat på övervakningsfilmerna Markel? avbröt Knujt och höjde rösten.

– Öh, sorry Chiefen. Jo kolla här!

Markel började knappa på datorn och Katta och Knujt ställde sig på varsin sida om honom.

– Ja hitta inge speciellt på filmerna vid färjeterminalen eller dagiset... öh ja mener förskolan. Visst finns dä en massa folk som är oidentifierade, helst på terminalen, men jag ha inte hitta nå konstigt.

– Nähä. Men vad har du hittat då? undrade Katta.

– Jo ja va in till Lemke på Skrikmåsen å hörde mig för om dä fanns nå fler övervakningskamrer där, å dä gjorde dä. Han hade satt upp kamrer utaför å.

– Utanför? Det var ju inne på restaurangen som Åke-Lars... började Knujt men så anade han vart Markel var på väg.

– Du har en film på när Rolf backade över min bil.

– Just ja... du ä ju en Psyk-Snut, dä glömde ja. Fan dä ä inge rolit å försöka överraska dig när du kan se in i framtiden... eller baktiden... eller va man ska säga.

– Vad såg du... får vi se?

– Jo en där Knull-Rolf är då inte så oskyldig som han verker ä.

– Knull-Rolf? sa Knujt och Katta i kör.

– Öh, Krull-Rolf mena ja.

– Krull? Varför kallar du han för Krull-Rolf, han är väl inte krullig. sa Katta.

– Jo men lite krull har han väl, där bak liksom... självlockar... Äh skitsamma. Ska ni se va som händer eller ska ni prata krull?

Markel försökte låta arg och de blev tysta och väntade på vad som skulle visas.

– Kolla in dä här...

Det fanns en flaggstång ute vid parkeringen framför Skrikmåsens entré, Knujt gissade att det var där som övervakningskameran satt. På skärmen såg de hur Rolf Tagesson körde bärgaren och hur han först tittade bakåt för att sedan lägga i backen. Därefter gasade han och tittade åter i backspegeln och vände på huvudet innan han började backa.

– Men det ser ju ut som han gör det helt medvetet. sa Katta, och både hon och Knujt lutade sig närmre skärmen.

– Jappili-japp!

Efter att Rolf backat på Knujts bil första gången så syntes det att han joxade med växelspaken, men ansiktsuttrycket såg helt lugnt och normalt ut, inte panikslaget som det borde varit efter att ha backat på en bil. Lika normalt såg hans ansikte ut när han körde fram för att sedan åter backa och ge Knujts bil nådastöten.

– Det var som faan! sa Knujt häpet.

– Ja vill då påstå att han medvetet backade på din bil, och dä va då inge fel på nån växellåda eller gas ä!

– Varför skulle Rolf göra det? Han är ju jättesnäll. Jag tror inte han skulle göra nåt så dumt.

Leilas gälla stämma fick dem alla att vända sig om. Hon stod i dörröppningen men ingen hade hört att hon kommit ner från övervåningen.

– Du få tro va du vill men här ä bevis på att han inte är så jädra snäll. Nä, en dumjävel som medvetet kör på Knuts bil. Å han kunde ju inte veta om dä låg fullt mä hundvalpar, gulliga griskultingar... eller kanske en par tre småungar i bilen. Nä, han bara gasa på å backa för kung å fosterland, utan å bry sä om nåra djur å ungar alls.

– Varför skulle Chiefen ha en massa grisar, hundar eller ungar i bilen? Det har han väl aldrig haft tidigare. sa Leila, och även Katta och Knujt var ivriga att få höra Markels svar på den frågan.

– Ja men dä visste ju inte idiot-Rolf. Dä ä väl fullt möjligt att Knut skulle kunna haft en massa djur å ungar i bilen. Men dä hör inte hit dä ä. Dä som hör hit ä att en där lismande skratt-skallen är instabil och oberäknelig, ja rent utsagt livsfarlig. Å ja vill då inte att du prater nå mer mä han om han kommer hit ä. Rätt som dä ä ha han lura mä dig hem å där mörde han dä, å när ja kommer å leter efter dä så hänger skinne ditt på nå tvättstreck ute på gårn hanses. Han kan ju va en sån där som giller å klä sä i kvinnoskinn, dä skulle då inte förvåna mig dä minsta.

Alla stirrade på Markel och de anade att det var något underliggande som fick honom att reagera så kraftigt gentemot Rolf... något som hade med Leila att göra.

Knujt kände sig tvungen att säga nåt.

– Det här bevisar att han medvetet backade på min bil, men fortsätt spela upp filmen.

Markel gjorde så och efter den andra påbackningen så reagerade Rolf precis som man borde i den situationen. Han höjde sina händer och tog sig om huvudet. Ansiktet tappade färgen och han mumlade för sig själv. Han stängde av motorn och skyndade sig ut, och nu syntes det tydligt att han var chockad.

– Du kan stoppa nu.

Markel stoppade.

– Det där minns både du och jag, hur förtvivlad han var.

– Ja men han spelar ju bara. En jädra psykopat! snäste Markel.

– Har du inte glömt nåt nu? undrade Katta.

– Vadå glömt? Dä ha ja väl inte.

Knujt anade vad Katta syftade på och lät henne fortsätta.

– Vad var det som hände med Åke-Lars på Skrikmåsen, och den juckande David Zletter vid terminalen och Lena på förskolan?

Markel skruvade lite på sig.

– Ja dom sa att dom inte fatta varför dom gjort dä dom gjort...

– Då var det lika för Rolf också. Han visste nog inte att han gjorde fel. Då är han oskyldig trots allt. sa Leila med förhoppningsfull iver i sin röst.

Markel blev lite sur på sig själv som inte tänkt på det. När han såg att Rolf backade på bilen medvetet ville han så gärna få honom i dåligt dager, så han tappade bort polistänket och utredningen. Självklart ville han inte erkänna det nu.

– Ni mener att han hör till Skrömty-Kryss fallen?

– Skrömty-Kryss? Vad är det? undrade Katta.

– Dä ä den nya benämningen på fall som ä svåra å förklara. Ungefär som X-Files, alltså Arkiv-X... sånt som kan va övernaturligt eller som ha mä skrömt å gö. Alltså Skrömty-Kryss case... eller fall som man säger på svenska.

Kapitel 44.
Det nya jobbet.

Knujt hörde av Leila att Rolf skulle börja på ett nytt jobb idag. Han skulle börja på hemtjänsten. Knujt tog sin cykel och trampade iväg till en byggnad som inte låg så värst långt från sjukhusområdet.

När han kom fram stod Rolf vid en liten lastkaj och plockade in stora plastbackar i en liten Renault Clio. Han gissade att det var matlådor i de isolerade backarna som skulle köras ut till de gamla på ön. Knujt parkerade sin cykel och gick sedan så tyst han kunde mot Rolf.

– Hej Rolf! sa han högt och ljudligt så Rolf hoppade till.

När chocken lagt sig fick Rolf nåt ängsligt över sig då han såg att det var Knujt.

– Oj polisen! Vad kan jag hjälpa dig med... eller vad vill ni?

Han såg på Knujts allvarliga ansikte. Knujt hade ingen lust att gå varsamt fram, han ville ha raka svar med detsamma.

– Det finns film på när du backar över min bil!

Rolf blev vit i ansiktet och hans händer började genast darra.

– V, v, va! stammade han.

– Det är ingen idé att du nekar, det syns klart och tydligt att du backade över min bil med flit. Min frågan är varför? Jag har väl inte gjort dig något.

Knujt försökte se arg och bestämd ut, men hans hårda yttre veknade en aning när Rolf började gråta.

– Jag vet inte varför jag gjorde det! Uuhuhuh! Jag måste ha fått nån psykos eller nåt. Jag har inte mått så bra sen jag körde på han i rullstolen... den där Sebastian.

Rolf satte sig uppgivet ner intill plastbackarna med mat. Han grät kraftigt och höll händerna för ansiktet.

Knujt var inte beredd på den reaktionen och att vara hård och arg kändes inte längre som en bra idé. Han tänkte på när den där kvinnomisshandlande Sebastian Börnström blivit påkörd under minst sagt märkliga omständigheter, och att han själv varit delaktig i att den rullstolsburne hamnat under transportbussen.

– Öh, du Rolf... det är ingen fara. Du är inte den enda som gjort saker som... är lite dumma. Berätta vad som hände.

Han la en hand på Rolfs axel och Rolf såg upp mot honom med förtvivlade ögon.

– Det är jättekonstig, jag kom bara på idén att jag skulle backa på din bil. Jag reflekterade inte över att det inte var en bra idé. För stunden kändes det helt normalt... så jag gjorde det. Först när jag var klar förstod jag innebörden av vad jag gjort.

Enligt det Knujt sett på övervakningsfilmen så verkade det stämma. Det gick verkligen se på filmen när verkligheten över vad han gjort gick upp för Rolf.

– Varför sa du inte det med en gång? Varför ljög du?

– Vem skulle tro mig. Jag trodde ju inte själv på det jag hade gjort. Jag kommer bli inspärrad om det här kommer fram.

Knujt fattade att alla fallen var sammankopplade på något vis, och att Rolf var ännu ett offer i dessa "Skrömty-Kryss fall". Rolf hade gjort en idiotisk handling som han inte förstod varför han gjort, lika som Åke-Lars, David, och Lena.

162

– Jag kommer inte att göra en anmälan. Vi vidhåller att gasen och växellådan hakade upp sig.

– Menar du det? sa Rolf och såg på Knujt med vädjande ögon.

– Som jag sa... du är inte den enda som gjort dumma saker. Jag tror dig. Se nu till att komma iväg. Jag vill ju inte göra dig försenad på ditt nya jobb första dagen.

Rolf log och torkade sina tårar och satte sig i bilen.

– Tack så mycket Knut, tack. sa han innan han la i backen och backade.

Han hann inte långt förrän det skramlade till och Knujt förstod genast vad det var.

Cykeljäveln. tänkte han med en suck.

Eifvas ord om att han skulle ha koll på var han parkerade cykeln dök upp.

Eftersom Rolf varit lätt på gasen så blev det inga större skador, cykeln ramlade i stort sett bara omkull. Rolf tänkte kliva ur bilen men Knujt viftade åt honom att köra därifrån... innan något mer gick sönder.

163

Kapitel 45.
Mappbunten.

Ytterligare en stöldanmälan hade inkommit. Det hade försvunnit ett halsband från en gammal dam. Markel hade lämnat över anteckningarna innan han åkte hem till sig. Leila och Katta satt på varsin stol i vaktrummet.

Leila skulle egentligen vara ledig och att hon inte var uppe hos sig fick Katta att känna som om hon var tvungen att umgås med henne... eller att de skulle jobba tillsammans. De kunde ju inte bara sitta och titta på varann.

– Just ja! Jag har ju en påse götta med mig. sa hon förtjust och rotade väskan.

– Oj vilken stor påse! sa Leila.

– Nja, den är inte så stor egentligen, det är bara det att jag vill ha fem godisar av varje och jag kan ju inte rå för att de har så himla många sorter på Skrikmåsens Livs & Allehanda.

– Jaha. svarade Leila men hon var inte riktigt säker på om hon förstod logiken i det Katta nyss sagt.

Katta mumsade i sig godis efter godis utan att lägga märke till Leilas trånande blickar som följde varje godis sista färd mot den godisförintande käften.

Katta kom att tänka på det hon och Lemke talat om för nån dag sedan, det med att hon kanske kunde vara gravid. Efter det samtalet hade hon funderat över det faktum att hon börjat äta mer. Hon var konstant sugen på nåt, och ibland dök det upp såna där märkliga cravings. I morse hade hon druckit en kopp te med enbärs smak, men det konstiga var att hon lät en stor smörklick smälta i koppen innan hon drack. Det var kanske inte helt normalt.

Man blir ju som dom man är med så det är nog Lemkes fel. Han med sina udda smakkombinationer har väl smittat av sig på mig... och inte skulle nån beskylla honom för att vara gravid.

Tanken fick henne att byta fokus och koncentrera sig på jobbet istället.

– Markel har skrivit att tanten som blev av med halsbandet bodde på tredje våningen och att lägenheten var låst, ändå hade halsbandet försvunnit.

Hon tuggade i sig några geléhallon innan hon fortsatte.

– Han har skrivit, "Öppet fönster. Förmodligen korpen".

Hon såg mot Leila.

– Kan det vara "Tjuv-Korpen" som varit framme igen?

– Ja om Markel tror det så tror jag det också. Markel har ett bra polissinne. sa Leila.

– Det vet jag väl inte riktigt. Fast helt borta är han ju inte. Hur många stölder eller försvunna värdesaker har anmälts egentligen?

Leila öppnade en arkivlåda och plockade fram en tjock mapp.

– Det är ganska många, men det är bara några som Markel ritat en korp på och de ligger överst.

Katta tog emot bunten men bläddrade bara i korpfallen.

– Den första anmälan är från Maja Fander... eller Savelbolt som hon heter nu. Tages klocka hade stulits och hon hade sett att det var en stor korp som tog den.

– Sen har vi... Det här är ju ingen anmälan, det är ju bara en anteckning som Markel skrivit på ett papper.

– Du menar den med Chiefens ring. Knut har ju inte gjort nån anmälan, men han och prästen såg en korp som stal hans ring.

– Okej. Sedan hade vi... tre andra som sett en korp i närheten, eller skymtat en i samband med stölderna.

Katta spärrade upp ögonen.

– Har Eidolf Maschkman också blivit bestulen... på en ynka penna?... Det har jag inte hört nåt om.

– Den pennan var inte så ynka. Den var värd 50.000:- kronor ungefär.

– Va du skämtar?

– Nej jag är allvarlig.

– Vem köper en penna för 50 papp?

– Öh... Herr Maschkman då... det var ju hans penna... om du inte förstod det. sa Leila lite undrande.

Katta okade inte förklara att hon förstod.

– Han hade sett korpspår i florsocker står det. Vadå florsocker? Markel måste ha skrivit fel.

– Det tror jag inte. Markel vet mycket väl vad han menar annars skulle han inte ha skrivit ner det.

Katta fortsatte att skumma igenom de andra, och gick sedan till högen utan korpteckning.

Efter att ett gäng med sega råttor, chokladprickar, hallonbåtar, skumsvampar, och chokladkulor passerat in i munnen på henne blev hon klar.

– Det är sammanlagt över 40 anmälningar om försvunna föremål av olika värde, men det mesta är dyra grejer.

– Vi kanske har en gorm... gorme... gourmé-gom till tjuvkorp här på ön. stakade Leila ur sig.

– Gourmé-gom säger man ju om de som bara äter exklusivare maträtter, det säger man inte om en som gillar exklusiva föremål. påpekade Katta.

– Nähä, vad säger man om dom då?

– Öh... jag vet inte om det finns något specifikt ord för sånna.

– Gourmé-Glitterkorp. Visst skulle man väl kunna kalla den för en "Gourmé-Glitterkorp? För den gillar ju det som är exklusivt och sånt som glittrar.

Katta hade inga invändningar om det.

– Det tycker jag låter som ett bra ord. Då får tjuvkorpen heta det hädanefter.

Hon höll upp handen.

– High five!

Leila förstod inte alls vad som menades med det.

– Alltså vi ska slå ihop händerna. Fem fingrar... smack! High five.

Leila förstod fortfarande inte men slog undrande och försiktigt ihop sin hand med Kattas.

Kapitel 46.
Kaos.

Knujt och Maja såg på tv när Knujts mobil ringde. Det var Katta, hon hade inga goda nyheter.

– Kan du ta dig till idrottsplatsen? Det är en brännbollsmatch som spårat ur. Leila får ta över här i vakten och Markel är här nu för att hämta mig. Ambulans är redan på väg.

– Va?! Vad är det som hänt egentligen? sa Knujt och reste sig från soffan.

– Vi vet inte, men det finns uppgifter om att folk är allvarligt skadade och eventuellt är det några som dött.

Knujt hade inte tid att vingla iväg på sin lätt krockskadade cykel, så Maja fick skjutsa honom.

– Men herregud vad e det som händer? flämtade Maja när de såg en kvinna svinga ett brännbollsträ mot en annan kvinna.

Knujt fick inte ur sig nåt utan såg förskräckt på hur kvinnan fick ett slag i huvudet med slagträt och föll ner på marken. Markel som redan var på plats rusade fram och lyckades ta av kvinnan slagträt och hon tycktes lugna sig.

Knujt skyndade ur bilen och sprang ut på idrottsplanen och försökte se var han kunde vara till störst nytta, men det var inte lätt. Det låg människor lite överallt på marken. Många kved och flera blödde och höll sig för diverse skador, en del låg tillsynes livlösa.

Nedanför läktaren slogs två män. Den ena hade en sönderriven skjorta som fladdrade i strimlor över hans kropp. En kvinna stod och sparkade på en man som låg. Flera ungdomar stod och pucklade på varandra och det verkade vara alla mot alla med både killar och tjejer.

– Vad fan är det som händer? Har folk blivit galna? utbrast Knujt och beslutade sig för att sära på två skolflickor, där den ena satt på den andra och försökte strypa henne.

När han fått isär dem verkade de komma av sig och ville inte längre döda varandra.

Plötsligt flög Knujt omkull av en hård tackling, luften gick ur honom och det exploderade av smärta i hans skottskadade axel.

Det var en kraftig man i 40-årsåldern som kastat sig mot honom. Mannen höjde nävarna och tänkte ge på honom, men då kom Katta som en stor godisfylld projektil och kastade sig över mannen.

Hon skyndade sig upp på benen och drog sitt vapen samtidigt som hon skrek åt mannen att ligga kvar. Han såg plötsligt rädd ut och sträckte upp sina händer för att visa att han gav sig.

Knujt reste sig och kippade efter andan. När han såg Kattas vapen fick han en impuls.

PANG, PANG, PANG!

– Nu jävlar lugnar ni ner er! ropade han.

Knujt hade sin rykande pistol höjd mot skyn och såg ut över människorna som nu såg förvånade och chockade ut. De höga smällarna hade fått dem ur deras aggressiva hysteri.

Kapitel 47

Samla info.

Det tog en stund att få grepp om slagfältet på idrottsplatsen. Knujt, Katta och Markel hjälpte till så gott de kunde med att plåstra om skadade och lugna chockade. Tillslut försökte de få en överblick av vad som egentligen skett.

När ambulanserna farit iväg med de mest akuta så lugnade det ner sig en aning och dom sammanstrålade för att jämföra informationen de fått av de som de hjälpt.

Det var några klasser från högstadiet som samlats för att spela brännboll, det var skolan som anordnat det hela och det var många föräldrar med på evenemanget.

En av ynglingarna som lyckats varva hade fortsatt att springa rakt in i ett bord där det serverats saft och bullar. Det hela hade passerat som en märklig händelse men ingen hade tänkt speciellt mycket på det.

Strax därpå hade en kille som skulle slå bollen kastat iväg slagträt rakt in i publiken. Det resulterade i att en manlig förälder blev träffad och fick skjutsas till sjukhuset av några andra föräldrar. En tredje incident var när en elev kastade bollen i skallen på en medspelare och när denne blev sur och skällde på honom gav han kompisen en smäll.

Därefter var det incident efter incident och allt spårade ur.

– Dä här kan vi mä säkerhet lägga i mappen mä Skrömty-Kryss filer. Alla ja ha prata mä sa att det kändes som dom agerade helt naturligt ända tills dom plötsligt insåg att dom gjort nåt skitdumt.

– Ja som den där pappan som jagade den där storbystade eleven ute på planen med byyxorna nerdragna. Han var nästan gråtfärdig av hur han betett sig. Han önskade till och med att han fått mer stryk av flickans far. sa Knujt.

– Ja det tycker jag han hade kunnat få. Jag menar, det borde väl finnas nån försvarsmekanism inne i folk som gör att de inte ska kunna göra sånna där idiotiska påhitt. Jag menar att man som karl borde känna i var enda cell i kroppen att man inte ska springa efter en stackars jänta på det där viset. Det borde vara omöjligt, men så är det väl med er män... det finns en drivkraft som är den starkaste... och det är den där Gubb-Gubbe kraften det. Snuskigt är vad det är.

– Å va ha ni för drivkraft som styr er då? Dä måste va "Tant-Tant kraften" dä då. Å hur snuski ä inte ni då mä tanke på den där mamman som klädde av sä naken å hoppa på nån stackars pappa bland föräldrarna.

Katta svarade inte och Markel fortsatte.

– Asså hon höll på å skämmas ihjäl. Hon skulle åka till syrran sin på Gotland i möra å förmodligen aldrig komma tillbaks.

– Ja vi kan gott och väl konstatera att det här är ett Skrömty-Kryssfall. sa Knujt.

Markel såg allt lite mallig ut att Chiefen använde sig av hans nypåkomna namn på märkliga fall.

– Hörde du Katta... Skrömty-Kryssfall. sa han och bröstade upp sig.

– Så ni har bestämt er för att det ska heta så nu då? Skrömty-Kryss. Det låter som nån pensionärsbingoförening eller nån Yatzy-klubb för iq-befriade.

– Äh, du ä bara sur för att du inte kan hitta på nå bättre.

– Det kan jag väl...

Nu avbröt Knujt för de hade inte tid för sånt här.

171

– Men skit i va fan vi kallar fallen. Huvudsaken vi löser den här märkliga skiten och inte står och jollar. Väx upp!

Knujt tyckte det var ganska roligt när de höll på men nån måste ju se till att det fanns någon måtta på det roliga, och så gillade han att de lydde honom när han rev i.

– Har ni nåt förslag på vad vi kan göra för att komma framåt?

Markel såg sig omkring och det var flera som stod och filmade omgivningen eller sig själva. Det här skulle nog bli stort på Facebook, Instagram och Tic-Tok.

– Chiefen... vi måste ta fram våra mobiler å filma. Både föräldrar, lärare och elever... ja allihop. Vem vet vad vi får mä på filmerna.

Knujt och Katta plockade fram sina mobiler och filmade.

– Bra tänkt Markel. Du får i uppgift sen att hålla koll på sociala medier och se om du ser nåt som kan vara till hjälp.

Katta reagerar på något och riktar sin telefon mot en lyktstolpe.

– Titta! Där sitter en stor korp och spanar. Tänk om det är Gourmé-Glitterkorpen.

– Vad för nåt? sa Knujt.

– Alltså korpen som har snott din silverring bland annat. Tänk om det är den där korpen som snott en massa värdesaker på sistone.

– Gourmé-Glitterkorpen... Försöker du va duktig å ska hitta på namn du å nö. sa Markel och lät nervärderande.

– Vad tycker du om namnet då? Bra va?

– Gourmé-Glitter... Låter ju som om dä än nån fläsk-korp som äter sä mätt på glitter. Ja kan då säkert hitta på nå bättre ja.

– Då ska ja säga det till Leila.

172

– Till Leila?! Varför ska du säga dä till Leila?

– Därför att det var hon som kom på det och jag tyckte det var ett bra namn, men om du vill hitta på ett bättre så ska jag säga till Leila att hennes påhittiga namn inte dög.

– Öh, dä gör dä väl, dä är ju ett skitbra namn men ja trodde dä va du som hitta på´t så då kunna ja ju inte gilla dä förstår du väl.

– Nähä... varför inte då?

– Därför att inte du gilla mitt!

– Hörni, skärpning!

Dom la ner tjafset och fortsatte med att samla information resten av kvällen. Korpen syntes inte till nå mer.

Kapitel 48.
Ser för jävligt ut.

Eidolf smorde in sin mycket irriterade överkropp framför spegeln. Blemmorna och utslagen var överallt och de kliade något fruktansvärt.

– Men herregud, du ser ju för jävlig ut! kastade Marianne chockat ur sig.

Eidolf försökte skyla sin kropp med händerna men till ingen nytta.

– Du måste väl för böveln ha förstånd nog att veta att man knackar innan man går in i badrummet.

– Och du borde väl ha förstånd nog att låsa dörren.

– Höh! muttrade han.

– Men kära Eidolf så du ser ut. Har du fått reda på vad det är?

– Nej inte än, men jag ska till den där klåparen Abrahamsson i morgon.

Marianne betraktade honom och stannade till vid hans högra handled.

– Men himmel vad illa det där ser ut. Du får inte klia dig mer, du kan ju få en infektion.

– Jo tack jag vet, men det är lite svårt att låta bli. Det var här på handleden det började. Abrahamsson frågade om jag kommit i kontakt med något... något djur eller vad som helst. Men jag kommer då inte ihåg att jag stött ihop med vare sig folk eller fä.

– Jag hoppas då han hittar något bot mot det där snart... för du kommer inte in i vår sängkammare så länge du ser ut så där. sa hon och gick ut ur badrummet.

– Och vem har sagt att jag vill tillbaka in till sängkammaren? mumlade Eidolf och fortsatte att smörja in sina märkliga utslag.

Kapitel 49.
Dag 5. Måndag 5:e September.
Filmerna.

När Knujt kom in till vakten var både Katta och Markel redan där. Leila var uppe hos sig och sov för hon hade jobbat natt.

– Tar du mä en kopp kaffe till mig? Ja börjer på bli trött för ja ha sutte uppe halva natta å försökt leta filmklipp som folk lagt ut från matchen. Fan vilken jävla mediadjungel dä är.

Knujt tog med en kopp till Markel.

– Har du hittat något då?

– Nä ja ha inte hunne. Ja ha mest bara samla ihop allt som ja ha hitta. Ja tänkte att vi kan glåma alle tre eller dela upp oss å titta på olika klipp.

Katta avslutade ett samtal i vakttelefon.

– Vad ska vi säga till folk egentligen? Det här var den femtielfte som ringde.

– Om igår eller?

– Ja. Folk tror det är nåt i vattnet eller i maten som gjort så alla blev galna. Den där Reine i Svacka har också ringt flera gånger. Han påstår att det är strålkastarlamporna runt idrottsplanen som är orsaken.

– Jaha, varför då?

Jo han säger att lamporna är ditsatta av utomjordingar och att strålkastarna skickar ut radiovågor som hypnotiserar folk till att göra konstiga saker. Och snart kommer varenda gatlykta i världen göra samma sak och då blir det världens undergång.

– Ja dä låter som nåt Reine skulle kunna komma på. sa Markel och flinade.

176

– Ja vi kan ju inte gå ut med att det är något övernaturligt. sa Knujt.

Katta såg lite undrande mot Knujt.

– Visst är det konstigt att folk gör saker som dom egentligen inte vill göra, men det kan ju vara nåt i vattnet eller maten.

– I maten!? Dä här ä ett solklart Skrömty-Kryss case dä å inte nån jädra matpsykos, eller hur Chiefen?

Knujt var ganska säker på att det var något "Skrömty" med det som hände, men han ville ändå inte gå ut för högljutt och öppet med det.

– Så länge vi inte har mer fakta att gå på så kan vi inte utesluta vare sig det ena eller det andra. Vi får försöka gå igenom filmerna. Hur många filmer rör det sig om?

Markel räknade i sina anteckningar.

– Öh, 87 stycken om man räkner mä filmerna från Skrikmåsen å färjeterminalen.

Markel satt vid vaktstugans dator och Knujt och Katta fick varsitt usb-minne att plugga in i sina laptopar.

– Sen få vi ha utkik efter en där Gourmé-Glitterkorpen å. Dä kan ju va den som ä ett sånt där övernaturligt väsen. En sån där "Skinwalker"... eller hamnskiftare. Typ som en varulv fast en människa som byter skepnad å förvandler sä till en korp, en "varkorp" typ.

– Ha, ha! Men nu tror jag du har blivit helt tokig. skrattade Katta.

– Vadå!? Dä va ju du som la märke till Glitterkorpen igår, så man kan ju säga att dä va du som kom mä idén.

– Att det kunde vara tjuvkorpen ja... Ingen jädra varulvsfågel.

177

– Vi ska hålla ögonen öppna för allt. Kom igen nu så går vi igenom materialet. sa Knujt.

– Skinwalker eller hamnskiftare... mumlade Markel.

Det var en enorm uppgift att försöka identifiera vilka som syntes vart, och om någon fanns med på samtliga filmer. Att därtill tänka utanför verklighetens ramar och försöka hitta något som kanske var övernaturligt var tidsödande. Katta verkade tröttna ganska omgående och det blippade i hennes mobil stup i ett.

– Kan du sluta mä de där smsandet? Du stör, å vi har ett jobb å sköta. sa Markel i en väldigt vuxen och seriös ton.

Katta svarade inte utan tryckte bara på en knapp på mobilen.

Efter ett tag så brummade det... och igen, och igen.

– Säg åt Lemke att vi inte har tid med sånt där nu, för jag antar att det är han som du smsar med när du ler så där kärleksfullt.

Det tog lite bättre när det var Chiefen som sa till henne. Hon tryckte några gånger till sedan la hon undan mobilen.

– Titta, där ä en där korprackarn igen! nästan skrek Markel och de andra lutade sig fram mot hans skärm.

– Vart är det där?

– Dä ä utaför färjeterminalen som ja ha zooma in.

Bilden som förstorats var pixlig och suddig. Markel tryckte på play.

En man med ljusa kläder satt på en bänk och en fågel syntes flyga förbi. Markel pausade.

– De där ä väl en dä Skrömt-Korpen?

– Jasså det dög inte med Gourmé-Glitterkorpen längre. mumlade Katta men Markel låtsades inte höra.

– Visst ä dä den då?

178

– Ska jag vara ärlig så kan det där lika gärna vara en koltrast som flyger förbi. Den ser svart och skuggig ut men man ser inte om den är i förgrunden eller borta vid mannen på bänken. sa Knujt.

– Ja jag håller med. sa Katta.

– Ja, ja, dä ä lite suddigt. Så ni tycker inte ja ska anteckna dä då?

– Nä. sa båda två i kör.

– Nähä... Ä dä nån som känner igen han på bänken då?

De bockade sig närmre igen.

– Nä, inte jag.

– Nä, inte jag heller.

De fortsatte med granskningarna, vilket tyvärr inte gav något speciellt.

Katta tog fram sin mobil igen ett antal gånger, hon hade förmodligen stängt av både ljudet och vibrationerna men inte bett Lemke att sluta smsa.

Kapitel 50.
Reservdunken.

Inte långt från färjeterminalen låg en obemannad tankstation. Tina Flodgren hade parkerat sin bil där och fyllde tanken med bensin. Medans munstycket spydde ur sig det dyra drivmedlet speglade hon sig i bilfönstret. Hon brukade le så fort hon såg sig själv i spegeln för hon hade ett så kallat "Jackpottleende". Gnistrande vita tänder i en jämn rad. Även hennes gröna ögon gnistrade och tillsammans med hennes långa blonda hår var hon en riktig skönhet.

Hon hade tänkt rätta till håret och le för att i vanlig ordning se sitt bländande leende, men istället kom hon på att hon borde fylla reservdunken med bensin.

Ja den måste jag fylla, det är ju jätteviktigt! Lika bra att göra det med en gång. tänkte hon och öppnade skuffen och plockade fram den lilla 5-litersdunken.

Tina tog pumpmunstycket från bilen trots att tanken inte var full och så fyllde hon dunken istället.

– Ja idag är en jättefin dag för att göra en sån här speciell grej. sa hon och satte sig i bilen. Hon tog på sig bilbältet och hissade ner fönstren.

Efter att hon startat motorn så öppnade hon reservdunken och skvätte runt en liten skvätt bensin på sig själv och bilklädseln. Sen stängde hon locket och la dunken i baksätet och började sakta köra ner mot färjeterminalen och kajen.

Hon plockade fram en tändare och tände den mot passagerarsätet, vilket med ens fattade eld.

Hon fortsatte sakta framåt men när elden tog fäste på hennes kläder ändrades hennes ansiktsuttryck från normalt till ett uttryck av fasa och skräck.

180

Hon skrek och försökte vifta bort elden som hastigt spred sig. *Vad fan har jag gjort? Varför gjorde jag så här?*

– AAAAH! Det gör ont! Jag tar mig inte ut, jag kommer att brinna upp.

Hon fick panik och smärtan började bli olidlig. Hon måste handla snabbt om hon över huvud taget skulle ha en chans att överleva, men hon såg knappt något för de ivriga flammorna och hon hade inte möjlighet att ta sig loss och hoppa ur bilen. Hela tiden gnagde vetskapen om att hon gjort detta mot sig själv. Varför? Det var ju helt sjukt. Det hade känts som att hon velat göra det här och det hade känts rätt. Hur kunde det vara möjligt?

Hon kom att tänka på bensindunken i baksätet och i panik la hon i en till växel.

Om det blev för hett skulle den explodera och det kunde den göra när som helst. Det enda hon kom på var att köra ut över kajen och ner i havet för att släcka elden och få ett slut på smärtan.

Hon trampade fullt gas och körde åt det håll hon trodde kajen låg, men hon var inte säker för hon såg inget för all eld och rök.

Hon tyckte sig höra avlägsna skrik och det dunkade till i plåten på bilen några gånger. Hon visste inte om det var människor eller något annat hon kört på. Men så blev det tyst, eller så tyst som när ljudet av hjul upphör att rulla mot marken. För en stund kände hon sig viktlös, sen tog det stopp och airbagen löstes ut. Sekunderna senare strömmade vatten in i bilen och hon kände hur det kalla vattnet svalkade henne, hon var räddad från elden. Men så kom hon på att hon sjönk och trycket i hennes öron ökade.

Kapitel 51.
Närvaron.

Hon kom sakta ur sin dimmiga dvala. Hon visste inte om hon slumrat till eller om hon hamnat i ett dagdrömsstirr.

En dreggelsträng hade runnit ner från hennes mungipa och hon torkade bort den medan hon försökte samla sina tankar.

Nu kändes det så där märkligt igen, som om hon haft påhälsning av någon... eller rättare sagt något. Hon kom att tänka på sin mors ord, om att gudarna pratade med de skuggögda. Kunde det vara en gud som besökt henne? Nej det var det nog inte. Men något var det och det var inte första gången som det hänt.

Mot slutet av hennes medvetslösa komatillstånd hade det känts som hon inte var helt ensam i sitt sinne. Det hela var mycket märkligt, ungefär som om man inte låst ytterdörren och när man kommer hem känner man lukten av piprök eller rakvatten. Man vet att någon nyss har varit där för närvaron av någon finns kvar.

Så kände Åsa nu, och så hade hon känt när hon låg på sjukhuset. Hon visste också att närvaron som besökt henne inte var någon trevligt... ja vad det nu var för nånting.

Var det upplevelsen hon nyss vaknat upp ur som fått henne att veta att något var på gång här på ön, eller var det hennes sjätte sinne som sa henne det? Det spelade ingen roll. Så länge hon kunde minnas hade hon haft ett finger med i nästan allt som hänt på ön... Ja förutom de senaste tio åren då. Men nu var hon tillbaka och hon visste att hennes fingrar redan var med i spelet som skedde.

Kapitel 52.
Ögonvittnen.

Det var betydligt mer ståhej på färjeterminalen nu än när juck-och-blottarincidenten ägt rum. Katta fick vara chaufför med sin Grand Vitara och de anlände strax efter ambulansen. Några civila hade hoppat i vattnet och lyckats få ut Tina Flodgren ur bilen. Trots hennes tillsynes oturliga olycka hade hon än dock tur. De två yngre männen som räddat henne hade erfarenhet av fridykning, samt att det fanns en sjuksköterska på terminalområdet som gjort hjärt och lungräddning på henne.

Det fanns ingen tid eller möjlighet för Knujt och Katta att fråga ut offret eftersom ambulanspersonalen behövde ta hand om henne med detsamma. Inom kort lyfte de in henne på båren och for iväg.

– Jag antar att vi får nöja oss med vittnesuppgifterna. sa Knujt och såg två genomblöta män i 25 års åldern.

– Ursäkta! Jag är poliskommissarie Knut Waxler. Jag antar att ni såg vad som hände.

Han sneglade mot deras blöta kläder.

– Jo, det gjorde vi. Det var vi som fick ut henne ur bilen.

– Ja, jag förstår det. Och vad heter ni?

– Jag heter Samuel och det här är Pontus.

Den andre sträckte fram sin blöta kalla hand och hälsade. Samuel fortsatte.

– Jag reagerade på att bilen körde så sakta där uppe i backen. Den kom från tankstationen och jag funderade varför den saktade in mitt på vägen.

Knujt tog fram sitt anteckningsblock och började anteckna.

183

– Det lyste till i bilen och jag trodde först inte att det kunde vara eld, men så såg jag hur det flammade upp. Sen fick bilen en himla fart och körde över kajen rakt ut i vattnet.

– Jag kommer aldrig glömma hennes smärtsamma skrik. tillade Pontus.

– Fy gröne. mumlade Katta och tänkte tillbaka på det svårt brända ansiktet hon skymtat när ambulanspersonalen bar in kvinnan i ambulansen.

När larmet inkommit till vakten var det uppgifter om både en bil som kört över kajen och en bil som brunnit, Knujt var glad att det visat sig bara vara endast en bil och ett offer.

Den sjuksköterska som gjort hjärtlungräddning på kvinnan blev också hörd och hennes vittnesuppgifter överensstämde med Samuels och Pontus.

De frågade flera som varit på området men fick inte fram så mycket mer matnyttigt. Plötsligt kom en unken och sur doft och svepte förbi. Alla som vistats en längre tid på ön Gallbjäre visste varifrån den odören kom.

– Öh, jo, eh!... Föscht tanka ho bilen å sen så geck ho bak te skuffen å hämta en dunk. Så fyllde ho den å tog mä sä´n in i bilen.

Det var Dyng-Gustaf som kommit fram till dem. Knujt gissade att han hört när de frågat om iakttagelser och därav kom han med sin redogörelse. Katta höjde ögonbrynen.

– Fyllde hon själv en dunk bensin och tog med sig in i bilen?

– Ja... jo dä gjorde ho. Ja satt dänne på bänken ja å såg na. Sen sakta ho in på vägen å ja såg hur ho skvätte runt mä dunken inna ho tände på.

Katta och Knujt tittade storögt på varandra.

184

– Ännu ett Skrömty-Kryssfall. sa Knujt lågt och använde sig likt Markel med amerikanska "r". Katta himlade med ögonen men höll nickande med.

Ska man behöva acceptera ett så töntigt namn som "Skrömty Kryss"?... Fast gör Chiefen det så får väl jag göra det också.

Även om hon inte trodde att det rörde sig om något övernaturligt så var det ändå bra att ha ett speciellt namn på de märkliga fallen.

– Okej Gustav, det var bra uppgifter du hade att komma med. Såg du något mer?

– Öh, ja, eh... Jo ja såg en ekorre söm satt å sket dänne i slänten. Tänk ja söm ä så gammal men aldri sitt en ekorre skita.

Katta suckade och Knujt gissade att det var slut med de viktiga uppgifterna från den illaluktande herren.

– Jaha, vad gör vi nu då Chiefen? undrade Katta när Gustav lunkat därifrån.

Knujt funderade och såg den terminalanställde mannen som lett in dem till David Zletter tre dagar tidigare.

– Hej du!

Mannen inväntade dem när han såg att de kom emot honom.

– Vet du nåt om övervakningssystemet här? frågade Knujt.

– Javisst. Hur så?

– Jag tror du talat med min assistent Markel tidigare, han hämtade övervakningsfilmerna från förra incidenten.

– Ja, det var jag som fixade det åt honom.

– Finns det nån möjlighet att han kan koppla in sig på terminalens wi-fi, eller få tillgång till ert övervakningssystem eller vad man säger?

– Öh, jo fast...

– Det är lite brådskande och det tar värdefull tid om han ska behöva komma hit och du ska kopiera över alla övervakningsfilmer. Enklast vore om han kunde sitta kvar i vakten och söka själv.

– Ja men jag tror att det kan vara svårt för honom att hitta i vårt system. Jag skulle behöva...

– Nej det tror inte jag. Är det något Markel kan så är det sånt där datajox. Han är då bra mycket bättre på det än att hitta på namn i alla fall. sa Katta.

Det sista sa hon lite lägre och det var endast riktat till Knujt.

Den terminalanställde gick med på det och Knujt tänkte ringa och informera Markel men han hade glömt mobilen i Kattas bil. Katta fick ringa Markel och det upprättades en länk mellan terminalen och vakten.

Kapitel 53.
Suspect number ett.

Det gick fort för Markel att komma in i övervakningssystemet, speciellt eftersom han redan bekantat sig med kamerornas placering.

– Jädrar va sjukt alltså!

Trots att Markel gillade våldsamma actionfilmer så hade han svårt för när det hände våldsamheter på riktigt. Det var en himla skillnad på fiktivt elände och verkligt elände. På grund av hans arbete så var han nu tvungen att se klippet flera gånger när Tina Flodgren tände eld på sig själv inne i bilen. Han var glad att det inte var så hög upplösning och att händelsen utspelade sig på avstånd. Det hade inte varit roligt att se scenariot högupplöst i närbild.

Han sökte bland de olika kameravinklarna och sparade ner de olika filmsekvenserna, sen öppnade han ett annat program där han kunde klippa ihop alla filmer, som en lång sammanhängande film med klipp från de olika vinklarna. Det kändes enklare att se händelseförloppet då.

Det verkade logiskt att han började med granskningen av den närmsta omgivningen i anslutning till händelsen samtidigt som olyckan ägt rum. Efter det kunde han ju syna omgivningen längre bort från olycksplatsen, samt före och efter händelsen.

Ett av kameraklippen han lagt upp på tidslinjen i filmprogrammet verkade komma från "luftjuckarfallet".

– Va fan gör dä där klippe där då? sa Markel undrande och tänkte precis ta bort det när han hejdade sig... Han såg inte någon fågel.

– Vafan?...

Klippet var slående likt ett tidigare klipp. Det var en man i ljusa kläder som satt på en bänk i en liten skogsdunge en bit från terminalområdet. Igår hade han påpekat att det var den där tjuvkorpen som flög förbi men på det här klippet kom ingen korp. Däremot syntes Tina Flodgrens bil komma in i bilden sekunden senare.

Det var inte ett gammalt klipp, men det var onekligen samma man som satt på bänken idag som gjort det för tre dagar sedan.

Kunde det vara ett sammanträffande? Knujt trodde inte på sammanträffanden hade han sagt och det gjorde inte Markel heller. Han flyttade sig närmre skärmen för att försöka få en tydligare bild av mannen. Det såg ut som han var mörkhårig och bar markerade glasögon med grova mörka bågar.

Markel kopplade snabbt upp sig mot kamerorna och fick se vad som hände live. Mannen i de ljusa kläderna satt fortfarande kvar.

– Vi bör nog kolla upp vem dä där ä. sa Markel och plockade upp mobilen och ringde Chiefen.

– Men svara då!

Efter några signaler kom han till röstbrevlådan och samma sak hände när han provade igen.

– Ja får väl prova Katta då. mumlade han fast han lät inte så positiv.

Signalerna gick fram men ingen svarade.

– Määän svara då jädra Snask-Maja!

Han kollade på de olika kamerorna och fick se både Knujt och Katta stå ute på kajen. Katta verkade inte notera att hennes mobil ringde.

– Määän säg inte att du fortfarande har mobiljäveln på ljudlöst!

188

Det var ju typiskt att han klagat på hennes smsande tidigare så hon stängt av ljudet.

– Jävla skitteknik! svor han och funderade på vad han skulle kunna göra.

Alla tre hade granskat gårdagens brännbollsmatch, men de hade inte sökt efter någon specifik person. Om han hade tur så kanske mannen i de ljusa kläderna fanns med på nån av de andra filmerna han laddat ner.

Han skulle just leta bland klippen då han kom att tänka på de ljusa kläderna. Kunde det vara?...

Han plockade fram klippen från blottarfallet, innan blottaren dykt upp. Lotta Brysk och Lennart Bälderskog stod intill vägen då en man joggande förbi dem. Det var en man i ljus joggingoverall och han bar markerade mörka glasögon.

Han kom att tänka på Lotta och Lennart som varit så säkra på att ingen sprungit förbi dem.

– Jävla kalkskallar.... mumlade han.

– För visst fan ä dä samma en som sitter dänne på bänken? sa han ivrigt för sig själv.

Han drog i alla fall den slutsatsen och även om det kanske inte var så mycket så kändes det som han var nåt på spåren.

Han öppnade upp klippen från "brännbollsmatchen från helvete". Det var svårt att veta vilket klipp han skulle titta på men han hade delat upp dem någorlunda. Det var mappen med åskådare på läktaren som han tänkte rikta in sig på. Mannen verkade då gammal nog för att vara en förälder eller en lärare. Han var då i alla fall inte en elev.

Det var som att leta efter en nål i en höstack, men trots det gick det ovanligt snabbt för Markel att uppmärksamma något bland åskådarna.

189

När slagträt som slängts in bland åskådarna träffade föräldern reste sig de flesta chockat upp, vilket var naturligt. Alla utom en. Det var en man som hade mörkt hår och mörka markerade brillor.

– Jaha... va gröne sitter du så still å inte ä nyfiken å glåmer som alla andra för?... Jo för du ä "Suspect number ett". I got you mammaknuller. sa han triumferande. Men han visste att man inte skulle ta ut nån seger i förskott.

Kapitel 54.
Att se från håll.

Hon satt åter vid det trebenta trollbordet och akvariet stod på samma ställe. Ålen simmade runt och ville nog att hon skulle droppa ner lite blod, men hon tänkte inte förflytta sig i tiden nu och hon behövde inte utföra samma ritual som igår. Ljuset bakom akvariet var tänt och Åsa fokuserade mot lågan. Hon doppade fingrarna i vattnet och strök dem sedan över sitt ansikte, så stängde hon sitt vanliga öga och öppnade sitt svarta.

– Ge mä synen å ge mä friheten å färdas söm ja vill.

Strax därpå fick hon en överblick över hamnområdet vid färjeterminalen. Hon visste att den där polisen var där nånstans och hon hade anlitats av Bosse Fjord för att utföra ett jobb... och det skulle hon göra.

Kapitel 55.
Spegeln.

Han tänkte slå en pling till Markel och höra om han sett något via övervakningskamerorna, men kom på att han glömt mobilen i Kattas bil.

– Får ja låna bilnycklarna? Jag glömde mobilen.

När han gick mot hennes Suzuki mötte han en bil med en stor båt på en fet båttrailer som körde upp från kajområdet. Han undrade varför man redan nu tog upp en båt, båtsäsongen var ju inte slut.

När han kom till bilen låste han upp och satte sig i passagerarsätet och tittade efter mobilen. Han såg den inte.

– Jag vet att jag hade den här...

Han försökte minnas var han lagt den, men vid utrymmet under stereon i mittkonsolen låg ingen mobil.

Han såg ner i det trånga utrymmet mellan bilsätena och där skymtade han den.

Med en hand som kändes alldeles för fläskig försökte han få tag i den.

Plötsligt fick han en dålig magkänsla. En riktigt dålig känsla.

Han fick nästan panik och ville ut ur bilen illa kvickt.

Varför känner jag så?

Precis när han fick tag i mobilen skrek hans impulser att han måste ut omedelbart. Han öppnade dörren och skulle just kliva ur när han skymtade nåt i backspegeln. Den illavarslande känslan blev än mer påtaglig när Spott-Åsas gamla skrumpna ansikte stirrade mot honom med sitt svarta öga.

– Spott-Åsa? sa han häpet.

192

Den sekundkorta ögonkontakten innehöll ändå endel information. Ansiktet syntes inte som om hon satt i baksätet, utan det fyllde backspegeln som om det varit en liten tv-skärm fast med grumlig bild. Det var som ett skikt mellan henne och spegeln. Han uppfattade att även hon såg honom och ett uns av förvåning avspeglades i den rynkiga nunan. I nästa sekund exploderade impulsen av att ta sig ut och han nästan kastade sig ur bilen.

Det var tur för sekunden senare kom den där feta båttrailern farandes och kvaddade Kattas Suzuki Grand Vitara.

En kvinna kom springande uppifrån backen.

– Åh herregud! ropade hon.

Han förmodade att det var hon som tappat båttrailern.

– Det måste ha blivit nåt fel när jag satte fast trailern.

– No shit. mumlade Knujt.

– Ja, det gick bra med mig i alla fall. sa han och undrade varför hon inte frågat hur det gick med honom.

– Du kanske skulle försäkra dig om att den sitter fast ordentligt innan du kör iväg med det där monstret.

– Åh gud... båten! Gunnar kommer bli skitsur. Titta hur båten ser ut!

Knujt som ännu inte riktigt insett vad som skett vände sig mot bilen och båtvraket. Båtvagnen hade vält så båten låg på sidan. Visst hade den skador men det var inte ens i närheten av Kattas bil, den var så gott som krossad.

Hon bryr sig mer om båtjäveln än mig och bilen.

Knujt retade upp sig och ville få henne att inte vara så egoistisk.

– Med mig är det bra... men min fru och mina barn är kvar i bilen!

193

Han sa det med en näst intill gråtfärdig röst och det fick den effekt han hoppats på.

Kvinnan vitnade i ansiktet och han trodde nästan att hon skulle svimma, eller dö av hjärtstillestånd.

– Åh... herreguuud! sa hon lamslaget.

– Nä jag bara skoja, men tänk på det om du tappar fler båtar på någon annans bil. Du kanske ska kolla upp andras skador innan du bryr dig om hur Gunnar kommer att reagera.

Sakta fick kvinnan färgen tillbaka men hon visste inte riktigt hur hon skulle reagera. Så tappade hon färgen igen.

– Det... det är väl inte du som är polis här på ön?

– Jo det stämmer bra de, i egen hög person.

Trots omständigheterna så mådde han ganska bra, och att han fått det egoistiska klantarslet framför honom lite skärrat hade bidragit mycket till det.

Hans mobil ringde och innan han svarade hann han se att han hade flera missade samtal.

– Hej Markel. Jag ser precis att du ringt. Jag hade glömt mobilen...

Han blev avbruten.

– Men hur ä dä mä dä?

– Öh, vadå menar du?

– Ja ha försökt å ringa dig å Katta flere gånger, men när ni inte svara så leta ja tag i er via övervakningskamererna. Å ja såg precis hur en stor jädra båttrailer mosa Kattas bil.

Knujt såg sig om efter övervakningskameror.

– Va faan har du gjort med min bil din jävla båtkärring?!

Han blev avbruten av att Katta nu kom springandes med myndiga steg, ungefär som en förhistorisk domedagsprofet uppspeedad på socker.

– Är det din bil? undrade båtkvinnan.

Hon hade fortfarande inte fått färgen tillbaka och med Kattas stormsteg och tonläge skulle hon nog inte få det heller på ett tag.

– Ja det kan du ge dig på! Man ska fan inte hålla på med båtar om man inte ens kan få en båt dit man vill på land. Du har ju totalkvaddat min lilla Guldsnäcka.

Knujt visste inte att Katta döpt sin bil, och inte tyckte han att det var ett så passande namn heller.... Förutom färgnamnet då.

– Givetsvis ska jag och mitt försäkringsbolag stå för det här....

– Ja det är det minsta jag förväntar mig. sa Katta fränt.

– Chiefen, ser du nån mä en ljus träningsoverall?

Knujt insåg att Markel fortfarande pratade i luren.

– Öh, va sa du?

– Ser du nån snubbe som ä mörkhårig å har grova mörka briller å ä klädd i en ljus träningsoverall? Han sitter...

– Vart sitter han?

– Jäklar! Nu ä han inte kvar ä.

– Vem då?

– Ja men han mä träningsoverallen då så klart. Han satt på en bänk där åppe i skogsdungen, du vet där ja trodde dä flög förbi en korp på filmen som vi glåma på igår.

– Jaha. sa Knujt och vände sig mot bänken uppe i dungen.

– Men det sitter ingen där nu.

– Dä va ju dä ja sa ju. Du ser han inte i närheten nånstans?

Knujt kollade runt men såg ingen som passade in på den beskrivningen.

Markel suckade och började förklara det han nyss upptäckt. Knujt satte sig på marken och lyssnade.

195

Kapitel 56.
Forden.

Bosse Fjord hade fått höra via djungeltelegrafen på byn att en bil fattat eld och kört över kajkanten. Han förstod att Knut skulle dit. Bosse ville gärna se om Knut råkade ut för nån olycka, men han kunde ju inte följa efter honom överallt hela tiden. Men nu kunde han inte hålla sig längre utan hade ringt sin vän Ronny och frågat om skjuts. Ronny hade en gammal Ford F-150 pickup och sa sällan nej till en repa runt ön och få njuta av v-8:ans brummande.

– Kolla där! Dä ha hänt en till olycka med nån båttrailer å en bil. sa Bosse med iver i rösten.

Ronny förstod inte riktigt Bosses förtjusning i att det hänt ytterligare en olycka.

– Vad är det som är så bra med det då?

– Öh, det beror på vem som var med i olyckan. Kör förbi, men kör sakta.

Ronny gjorde som Bosse sa.

Bosse vevade ner sidorutan och hängde sig ut så långt han kunde för att se så bra som möjligt.

– Jaa det är snutjäveln! sa han skadeglatt.

Han visste inte hur skadad Knujt var men han såg att han satt ner på marken och det var ju ett bra tecken. Men så reste han sig och såg sig omkring medans han pratade i mobilen.

– Va fan har han klarat sig så där bra?

Bosse blev lite sur men var ändå nöjd med att Snut-Knut varit med om en olycka. Bilen som blivit mosad såg ut att vara den där Kattas bil. Han gillade inte henne heller så han klagade inte.

Lite frustrerande var det dock att efter flera kvaddade bilar så hade Knut inte ens fått en skråma.

Bosse ville ändå visa att han var glad åt det som hänt.

– Kör så nära du kan. sa han.

Ronny gjorde så men kunde inte köra för nära för det hade samlats en massa nyfikna öbor vid olycksplatsen.

– Men se, är det inte Snut-Knut! Jasså så du är ute och kvaddar bilar idag också. Somliga kanske skulle lära lite av sina misstag, men du tycks då inte leva efter den principen.

– Och du tycks inte förstå allmänt folkvett. Du vet väl att det kan straffa sig om man är alltför skadeglad. Karma du vet. svarade Knujt.

– Ja men det är ju svårt att inte känna välbehag när man ser sina ovänner råka ut för elände. Jag tror det är något medfött, för jag mår så bra av att se att det är du som råkat ut för en olycka igen.

Bosses hånfulla leende var så påtagligt att en blind på andra sidan gatan hade kunnat se det... Om det nu gått en blind på andra sidan gatan.

Leendet varade inte så länge... knappt några sekunder. Ronny hade på senaste besiktningen fått nedslag på passagerardörren. Den var lite kinkig att stänga.

Plötsligt for dörren upp och Bosse flög ut ur Forden. Ronny som hade sin uppmärksamhet på en tjej som rättade till brösten i en allt för trång bh hann inte reagera.

Bosse landade i en konstig vinkel som gjorde ont men han försökte rulla åt sidan så han inte skulle bli överkörd.

Eftersom Bosse var förlamad från midjan och neråt så fick han försöka skjuta ifrån med armar och överkropp, men så tog det stopp. Det var höger foten som hade hamnat under ena bakdäcket.

När Ronny fattade att Bosse ramlat ur bromsade han så fort han kunde och då stannade han mer eller mindre på Bosses fot.

– MIN FOOOT!

Även fast Bosse inte hade någon känsel i fötterna så skrek han så högt att Knujt trodde att varenda bilruta skulle explodera.

Ronny som inte såg varför Bosse skrek vågade inte köra längre av rädsla för att förvärra situationen. Han hoppade istället ur och sprang runt för att se hur det låg till.

– Flytta på pickuppjäveln, du har parkerat på fotjäveln min!

Ronny rusade tillbaka och flyttade på bilen.

Knujt tog ett steg mot Bosse som nu fått hjälp att ta sig loss, han såg inte glad ut där han satt och höll om sin svullna fot.

– Jag tror du har rätt Bosse, det är nog något medfött. Jag känner också ett inre välbehag nu. Jag trodde då aldrig att jag skulle hålla med dig om nåt, men man ska aldrig säga aldrig.

Så försvann Knujts leende. Han kände något märkligt och det tycktes komma från Bosse. Han såg mot honom med vaksamma ögon men hos Bosse fanns inget hot... men ändå fanns det där.

Konstigt, hur kan jag får så tvetydiga känslor?

Då hände något besynnerligt. Det var som en kraft som plötsligt gav honom en extra dos energi, som om han varit en trasig ficklampa med dåligt batteri som helt plötsligt blev hel med fulladdat batteri.

Han såg klarare än vanligt och han såg Spott-Åsas ansikte skymta som i en dimridå framför Bosse.

– Jag ser dig och du kan inte gömma dig!

198

Han blev själv förvånad när han hörde sig säga så samtidigt som han höjde sin hand och pekade på Spott-Åsa, även om det var Bosse han pekade på.

Skymten av henne försvann och Bosse glodde surt och lite undrande mot honom.

– Ja jag ser dig också, vi är ju bara nån meter ifrån varann.

Knujt blev lite smått chockad av händelsen men ville inte visa det.

Va fan hände? Är Spott-Åsa involverad med Bosse på nåt vis?

Han försökte få ihop det men det var lite svårt när Katta och kvinnan med båttrailern stod intill och dividerade om försäkringspapper, samt att Bosse jämrade sig och Fordens v-8 fortfarande stod och mullrade. Han fick koncentrera sig på det när allt lugnat ner sig en aning.

Kapitel 57.
Funderingar vid köksbordet.

Hon slet sig själv ur det trancelika stadiet som hon försatt sig i. Hon kände sig illa berörd av händelsen hon nyss varit med om, hon hade blivit sedd av en som var märkt. Det var så hon kallade dem hon fått i uppgift att skada eller göra livet svårt för. Ett villebråd hon märkt för att jaga, skada eller förgöra. Det fanns bara en förklaring... den där polisen hade också gåvan. Han var skuggögd.

– Ja sir dä, å du kannen´t gömma dä. sa han.

Åsa la en sjal över akvariet och släckte ljuset bakom det och funderade på vad som hänt.

Hon satte sig vid köksbordet och lät tankarna flyga.

Det hade inte gått så bra för henne att göra sitt jobb. Hon kände sig starkare än för tio år sedan, men ändå misslyckades hennes försök att skada den märkte hela tiden. Det som kanske var ändå värre och som inte alls var bra för hennes framtida affärer var att hennes kund, Snekäfts-Bosse som han kallades, hade råkat illa ut varje gång hon försökt skada den där polisen. Om hennes kunder blev mer skadad än den som var märkt skulle ingen vilja anlita henne.

– Du ä skuggögd, å du ä Hulda Rojts hemlia onga. Ja tror dä va du söm högg såga i halsen på en där svascht-fan mä tentaklerna. Å dä dära Älgkäringa ä mä däg hon...

Åsa pratade med sig själv, för hon hade alltid varit sitt bästa sällskap och hon fick alltid de bästa svaren då.

– Öcken ä du egentligen?

Hennes sinnen grumlades och hon gled obemärkt in i sitt inre. Hon började kåsblänga tomt rakt fram. Hon gapade och la inte märke till att saliven började sippra ur hennes mungipa. Även fast hon var ganska ovetande om vad som hände i hennes nuvarande tillstånd så anade hon att ett mörker omslöt henne, inte utifrån... utan inifrån.

Kapitel 58.
Homofob.

Efter allt styr med skadeanmälan och försäkringspapper kom Markel och hämtade både Katta och Knujt. Knujt hade inte fått kliva in i bilen innan han gjort korstecknet och sagt "fader vår som är i himlen" tre gånger. Markel trodde att Knujt kanske hade nån form av bilkraschar-förbannelse över sig.

Knujt hade frågat om han bara skulle läsa "fader vår som är i himlen" och inget mer, som typ fortsättningen. Men eftersom varken Markel, Katta eller Knujt kunde fortsättningen så fick det duga med bara början.

Väl inne i vakten fick Leila flytta på sig då de satte sig vid datorn för att kolla om de kände igen killen med den ljusa joggingdressen. Alla tyckte att han var bekant men ingen kunde identifiera honom.

– Har ni berättat för David att hans flickvän nästan brunnit upp?

Det var Leila som ställde frågan som fick dem att vända blickarna från skärmen.

– Vadå David å flickvän? undrade Markel.

– Ja hon där är ju Tina Flodgren...

Hon pekade mot ett foto på arbetsbänken, det vara på kvinnan som höll på att brinna upp i sin bil.

– Hon är ju tillsammans med David Zletter... han som klädde av sig naken och juckade, det som jag gärna skulle vilja ha sett.

– Öhrm!

Markel harklade sig i ett försök att överrösta det sista Leila sagt.

– Så du mener att Tina å David ä ett par? fortsatte Markel?

– Ja, det har de varit ett bra tag.

– Då kanske det är det som är kopplingen vi söker till det som händer. sa Katta.

– Ja precis. Strålande Leila, tack för den hjälpen. sa Knujt. De skulle precis gå in på vad de skulle göra härnäst när Leila kom med en fråga.

– Den där David... hur var han när ni kom?

Ingen svarade för de förstod inte riktigt hennes fråga.

– Jag menar var han naken när ni kom dit?

– Nej och det var tur för honom att de fått på honom kläderna och tagit in honom i terminalbyggnaden. Hade han stått kvar där ute och juckat hade jag slagit ner honom.

Det hördes att Katta retade upp sig på bara tanken.

– Jag skulle gärna vilja se en snygg solbränd man som kom och luftjuckade mot mig.

De var tysta en liten stund innan Markel kände sig tvungen att säga något.

– Haha, du är rolig du Leila.... Skojfrisk liksom, haha!

Han insåg att hans försök till att skoja bort det hon sagt misslyckades, speciellt när hon fortsatte.

– Nä jag skojar inte. Jag har ju aldrig sett en naken karl förutom dig Markel och jag har förstått att det inte är passande att försöka kolla på andra män... för då kan du bli svartsjuk. Men om det kommer en snygg solbränd karl och klär av sig och juckar omkring framför en så är det ju liksom bara att tacka och ta emot. Då har man ju inte gjort något fel. Jag kan ju inte rå för om en karl vill klä av sig framför mig.

203

Markel kom sig inte för att säga något men Katta kunde inte låta bli att finna det hela lite roligt. Inte på grund av en man som exponerar sig utan att Markel våndades inför vad hon sagt.

– Ja men jag förstår hur du tänker Leila. Jag kan tänka mig att du och Markel är ute och går och så kommer en sån där... naken Gubb-Gubbe och juckar omkring. Jag kan tänka mig att det vore roligt för dig att se en annan man, och en sån sak skulle väl inte va så farligt. Du skulle väl inte missunna henne en sån upplevelse Markel?

– Nä... ja skulle göra upplevelsen ännu bättre. Ja skulle ge na lite mer maskulint å glåma på, ja skulle spöa skiten ur en där luftjuckarn å se till så han jucka för sista gången.

Han sa det och hoppades att konversationen nu var över. Men det tyckte tydligen inte Leila.

– Wow, skulle du det älskling? Ja det vore nåt att se på. Skulle inte du också kunna vara naken då?

Knujt såg ner i golvet och visste inte riktigt var han skulle ta vägen.

– Va?! utbrast Markel.

– Ja om du också kunde vara naken när du slogs med nakenjuckaren, det vore jättehäftigt att se två nakna män som juckar och slåss... för mig.

– Men nu får du väl lugna ner dä! Nä, ja skulle inte klä av mä å slåss mä nån nakenjuckare.

– Du kanske är lite homofob Markel. sa Katta som tydligen inte ville att samtalet skulle ta slut.

– Homo, homofo, homofob... Vad är det? undrade Leila.

– Det är när typ karlar som vill visa sig macho inte klarar av att vara nära andra karlar, speciellt inte i naket tillstånd för då tror dom att deras manlighet kan få sig en törn och att folk kan få för sig att de är lagda åt det andra hållet.

– Höh, tänk om dä skulle komma nån solbränd välsvarvad brud mä skitstora tissar å fläka upp höna framför dig å Lemke när ni var ute och gick. Å så ställer hon sig på alla fyra å luftjuckar mä röva så hela underrede syns framför näsa på Lemke. Skulle du tycka dä va kul då?...
Katta hann inte svara innan han fortsatte.

– Så tycker Lemke att du också ska klä av dä naken å brottas mä na... å så vill han kanske smörja in er mä gurkmajonäs å kasta frukostflinger på er så han kan få slicka på er sen... mä tanke på hans sjuka smakblandningar. Då kanske du skulle känna dä lite obekväm å lite homofobisk du å... eller?

När Lemke blandades in i leken var det inte lika roligt längre och Katta fick inte fram något svar. Knujt passade på att försöka gå vidare med utredningen.

– Det räcker nu, försök att vara lite professionella och sluta larva er. Vi ringer den där David Zletter. Jag tänkte att nån av er får göra det.

Att ge dem en uppgift fick dem involverade i arbetet igen.

– Jag kan ringa. svarade Katta snabbt.

205

Kapitel 59.
Länken.

Ingen hade underrättat David Zletter om att hans flickvän låg medvetslös med svåra brännskador och att hon varit nära att drunkna. Katta hade högtalaren på så att alla hörde samtalet.

– Det är ju fruktansvärt! Jag fattar inte varför hon skulle göra en sån sak. Det kan väl inte vara mitt fel?

– Hur skulle det kunna vara ditt fel? undrade Katta.

– Ja men efter vad jag gjorde. En av hennes väninnor berättade för henne och jag fick en rejäl utskällning. Hon trodde inte på mig när jag sa att jag inte kunde förklara varför jag gjorde en sån sak. Tänk om hon försökte ta livet av sig för att hon skämdes över det jag gjort?

– Nu tror jag väl inte att hon skulle gå så långt, jag menar det skulle då inte jag. Det skulle väl räcka att hon lämnade dig, det skulle ju rentvå henne. Hon kan ju inte stå till svars för allt snusk som du gör.

Även om folk uppenbarligen gjorde saker som de inte riktigt kunde förstå så hade Katta svårt att acceptera en som blottade sitt kön för allmänheten. Hennes agg gentemot David lyste igenom och Knujt ångrade att han låtit henne ringa.

– Nu kan dä ju va så att även din flickvän Tina gjorde en handling som hon egentligen inte ville göra... precis som du gjorde när du sprang naken på terminalen. tillade Markel.

– Tror ni det? undrade David.

– Ja vi vet inte riktigt varför, men det har hänt en del konstiga saker dom senaste dagarna där folk gjort idiotiska saker som dom sedan inte förstår hur dom har kunnat göra.

206

Du kanske har hört om den där brännbollsmatchen? fortsatte Knujt.

– Ja, jag hörde om den. Är det lika där tror ni?

– Det är det vi försöker lista ut. Vi försöker kolla upp alla möjliga vinklar och kopplingar för att se om det finns någon gemensam nämnare. Det kan ju exempelvis röra sig om nån gasläcka som påverkar folk negativt.

Både Markel och Katta såg undrande mot Knujt som ryckte lite på axlarna som om han menade att han måste ju hitta på nån rimlig förklaring.

– Gasläcka? sa David.

– Som sagt så vet vi inte och vi måste undersöka alla teorier. När du var ute vid färjeterminalen och... gjorde det du gjorde. Du såg ingen som kan tänkas ha agg gentemot dig, eller mot Tina... eller Rolf Tagesson? Du vet han som körde plogbilen förut.... Eller Lena Gravin, den där förskolepedagogen som föll rätt illa.

– Ja eller Åke-Lars Blom. tillade Markel.

– Oj är det så många som är inblandade?

– Ja, å betydligt fler om man räkner mä alla som va på brännbollen.

– Nä, jag kan då inte komma på nån som har något emot mig.

Medans de talade i telefonen med David så skrollade Markel fram ett filmklipp på när David klädde av sig naken. Han försökte leta reda på sekvensen där joggaren satt vid bänken i skogsdungen, men det han nu lade märke till var ett tidigare tillfälle. Markel såg joggaren jogga förbi Lotta Brysk och Lennart, det hade han ju sett tidigare men nu följde han joggaren och såg hur denne sprang förbi Davids parkerade bil. Nu skymtade Markel något han inte sett tidigare, i bilen syntes en vinkande hand. Markel spolade tillbaka och följde joggaren.

– Den där har också varit tillsammans med Tina!

Allas huvuden vände sig mot Leila. Hon pekade på skärmen.

– Den där joggaren har också varit tillsammans med Tina Flodgren.

– Joggaren? hördes det från mobilens högtalare.

– Minns du en joggare som sprang förbi din bil... dä ser ut som du vinkar till han. sa Markel och lutade sig närmare skärmen.

Det såg verkligen ut som David vinkade till den som sprang förbi, men denne besvarade dock inte hälsningen.

– Leo! Menar ni att Leo kan ha nåt med det här att göra?

– Leo? Heter mannen som sprang förbi, Leo? undrade Knujt.

– Ja.

– Och vem är den där Leo?

– Leo Hall, han är en före detta vän till mig.

– En före detta vän, varför en före detta? Varför är ni inte vänner längre?

Markel styrde musen och hoppade mellan de olika kameravinklarna. Han kom till den sekvensen där joggaren precis passerat Davids bil och joggade upp till bänken där han satte sig.

– Dä ser ut som han sitter å stirrer mot Davids bil, titta här... Visst gör det?

Markel pekade på en bild där både Davids bil och Leo syntes.

De såg hur Leo sträckte lite på sig och satte sig med handflatorna uppåtvända på sina knän.

208

– Öh, jo vi blev väl lite osams... eller han ville inte vara vän med mig längre.

David lät lite obekväm med sitt svävande svar.

– Det ser nästan ut som han mediterar där på bänken. sa Katta och de andra kunde hålla med.

Knujt såg mot Leila.

– Du sa att han varit tillsammans med Tina.

– Ja de var tillsammans innan hon blev tillsammans med David. Ibland satt dom och hånglade här på parkeringen innan han gick till jobbet. Jag brukade fundera på hur han smakade i munnen.

Knujt försökte ignorera den lite överflödiga informationen om smaken. Markel hostade till och tappade lite färg i ansiktet.

– Var Leo tillsammans med Tina Flodgren innan du och Tina blev tillsammans?

– Jo det stämmer. sa David lite generat.

Knujt sträckte sig mot Kattas mobil och tryckte på mute-knappen så David inte kunde höra vad de sa.

– Här har vi kanske en koppling. Den där Leo syns på flera av våra filmer och han kan nog ha agg mot både David och Tina. Om det är han som ligger bakom så måste vi hitta hans kopplingen till Rolf Tagesson, förskolepedagogen och Åke-Lars... och de som drabbades på brännbollsmatchen.

Katta sa något som de andra inte hade tänkt på.

– Om det nu är den där Leo som ligger bakom. Kan då inte David ligga pyrt till? Jag menar, hans ex höll på att brinna upp och drunknade nästan, men David som var den som tog över hans flickvän blev bara lite utskämd. Är det inte troligt att han vill ge honom en värre behandling än så?

– Shit! Jo det är sant.

Knujt knäppte av mute-knappen.

– David, nu vet vi inte riktigt, men för din egen säkerhets skull så ber vi dig att hålla dig hemma och inte gå ut. Om Leo har något med saken att göra så är det viktigt att du håller dig undan från honom.

– Tror ni det är han som gasar folk på nåt vis?... Är det han som gjort så Tina...

Knujt skyndade att avbryta.

– Vi vet inte, men kan du berätta lite om den där Leo?

Han såg mot Leila och mindes att hon sagt att hon sett Leo hångla med Tina utanför på parkeringen innan han gick till jobbet.

– Jobbar han här på sjukhuset?

– Öh... ja, eller inte nu längre. Han jobbade där... men så hände det där med sonen och efter det blev han sjukskriven.

Kapitel 60.
12:37.

De fick reda på ganska mycket om Leo Hall av David Zletter. Knujt trodde onekligen att det var han som var kopplingen i fallen och deras suspect number one. Det gällde bara att finna så mycket fakta som möjligt för att bevisa det.

Knujt gjorde kväll men skulle ta sig till sjukhuset nästa dag för att ta reda på mer om Leos sjukskrivning medans Markel och Katta fick titta vidare på övervakningsfilmerna.

Markel ville börja från början när det hela hade startat, alltså i Torsdags på Skrikmåsen. Tidigare hade han tittat på klippet just där Åke-Lars hällde mjölken över Rune, men nu började han mycket tidigare. Visst var det tråkigt och tidsödande att se alla matgäster som skulle äta lunch, men tillslut gav det resultat.

– Där ä han ju! Å han står breve Åke-Lars i matkön.

– Ja du! Då är han sammankopplad till allt det här sjuka som hänt. instämde Katta.

De såg hur Åke-Lars hejade mot Leo men denne gjorde inte mycket till svar. På sin höjd en knapp märkbar nickning trots att de endast stod en halv meter ifrån varandra.

– Dä verker då inte som Leo ä så himla förtjust i en där skrattande hippien ä.

– Nä. Titta, nu går dom och sätter sig inne i matsalen, men man ser ju inte vart. Du som åt där samtidigt… vart satt Leo?

– Öh, dä minns ja inte, men dä finns en kamera inne i matsalen å.

Han öppnade filerna från alla de olika kamerorna och klickade upp en från matsalen. Han hoppade fram så tidskoden överensstämde med när de gått in i matsalen.

211

– Där sitter han, långt bort intill Dyng-Gustavs avskilda bord. sa Katta.

– Ja vill man va i fre så sätter man sig där.

– Kommer du ihåg hur mycket klockan var då Åke-Lars hällde ut mjölken? undrade Katta.

– Ja på ett ungefär.

– Spola dit då.

Markel gjorde så och trots att det var ganska långt avstånd från kameran till Leo så kunde de se hur han sträckte på sig där han satt och det såg ut som han stirrade mot Åke-Lars. Efter det så tog det inte lång stund förrän Åke-Lars reste sig och gick iväg med mjölkglaset.

– Han följer Åke-Lars med blicken. sa Katta fundersamt.

– Ja dä gör han ta mä fan.

Efter att Markel och Lemke lugnat ner mjölkhällar-situationen och samtidigt förmodligen räddat livet på Åke-Lars så återgick Leo till att äta sin mat.

– Kolla klippet från när Rolf backade på Knuts bil då. föreslog Katta. Markel letade fram det.

Det var samma klipp som han sett tidigare, och där såg man hur Rolf medvetet backade på Knujts bil. Men de såg inte skymten av Leo.

– Men där då, inne på Skrikmåsen, i fönstret. Är det inte nån som står där?

– Jo kanske… men dä går inte å se vem dä ä. Vänta…

Markel bytte till en film från entrén och letade fram tiden till strax innan Rolf backade på Knujts bil.

– Men tro du inte på fan, dänne står han ju å glåmer!

– Ja jävlar du. inflikade Katta.

Leo som efter maten gått in och handlat i affärsdelen kom och ställde sig en bit från fönstren vid entrén. Det såg ut som han lade märke till något och han såg sig omkring.

– Han spanar in omgivningen. konstaterade Markel.

Efter att han sett sig omkring gick han fram till ett ståbord och lade upp sina händer, han sträckte lite på sig och vände handflatorna uppåt.

– Han mediterar eller nåt. sa Katta.

– Ja, men kolla tidskoden, 12:37...

Han bytte film igen, till den utanför Skrikmåsen.

– Å här ä dä 12:37 å dä ä då som Rolf backer på Knuts bil.

– Det är ju helt otroligt isåfall. sa Katta häpet.

Markel backade filmen till strax innan 12:37.

– Man ser att Rolf har parkerat men så stelnar han till och lägger i backen, ser du?

– Ja, jag ser.

– Gud vad märkligt! Kan Leo styra andra människor? Är han en sån där "Pupp-Mästare"?

De hade glömt att Leila stod bakom dem.

– Puppet Master heter dä kära Leila. Pupp-Mästare skulle kunna vara nå helt annat. Vi vet ju inte mä säkerhet om han kan dä, men dä verker ju inte bättre.

– Men det måste finnas nån annan förklaring. Han kan väl inte kontrollera folk heller. Det är ju overkligt.

– Overkligt eller inte, men visst fan hamner dä här bland våra Skrömty-Kryssfiler.

– Ja det gör väl det... även om jag tycker att Skrömty-Kryss är ett töntigt namn.

– Ja du ha sagt dä, men så heter sånna här fall. Å du kolla här!

Markel körde igång filmen från brännbollsmatchen.

213

– Där sitter han helt oberörd som om han mediterer medans alle andre håller på å slå ihjäl varann. Dä ä klart som kranvatten att han ä skyldig.

– Korvspad säger man Markel, inte kranvatten. påpekade Leila.

Kanske var det för att Markel så ofta tillrättavisade henne som hon ville ge igen.

– Ja vet att man bruker säga korvspa, men dä ä en dålig fras som inte stämmer. Korvspa ä ju fullt mä flott å dä ä grumlit å inte alls nå klart, men dä ä kranvatten.

Leila blev tyst en stund.

– Rent som renat brännvin då... dä ä renare än vatten för brännvin är ju renat... så det så. Ha, ha na!

– Ha! Touché! Den va bra Leila.

– To, tosch, tosche. Vad är det?

– Ja dä ä att ja medger att ja blev träffad av ditt svärd...

Leila svarade inte utan såg bara oförstående ut.

214

Kapitel 61.
Tisdag den 6:e September.
KBT.

Knujt hade bara tänkt stanna till och säga hej till Maja på sjukhusets cafeteria innan han letade upp nån läkare att tala med, men när han kom dit satt Sören Kolderot och doktor Abrahamsson vid ett bord.

– Hej, går det bra om jag stör ett slag? Jag har några frågor som ni kanske kan svara på, det skulle underlätta för mig i mitt arbete.

– Ja varsågod, slå dig ner Knut. Vi ska göra så gott vi kan med att besvara det du byggt upp som ett kråkbo av olösta funderingar i ditt sinne. sa Sören.

– Jo ni förstår jag skulle vilja veta lite om en kollega till er, Leo Hall.

– Har det hänt honom något? undrade doktor Abrahamsson.

– Nej men jag skulle vilja veta vad som hänt honom tidigare. Jag hörde att han inte har haft det så lätt.

– Det stämmer, men nu börjar det bli bättre. Jag trodde ärligt talat inte att han skulle återvända till oss normala igen.

– Nej det var otroligt... och ovanligt, som att se en trebent ren åka snowboard och kasta lasso. Mycket ovanligt, men plötsligt händer det och man gapar av förundran, som en hungrig fågelunge ungefär. sa Sören.

– Öööh, Har du sett en ren på snowboard som kastat lasso?

– Nej.

– Okej, men kan ni berätta vad som hänt Leo?

– Doktor Hall arbetade här som KBT-terapeut.

– KBT... Vad betyder det?

215

– Kognitiv beteendeterapi. Det är ett samlingsnamn för psykoterapier där man tränar på att använda sig av nya beteenden och tankemönster för att minska psykologiska problem.

– Okej, jag tror jag förstår. sa Knujt lite osäkert.

– Om man är rädd för... låt säga, för folk i skitiga overaller. Så som mekaniker eller verkstadsarbetare, då undviker man sådana miljöer. Man går inte in till Connys Gnissel, Pang & annat Jox för där är det stor sannolikhet att nån lortig och oljig arbetare drar benen efter sig i en dyngig overall. Men det kan ju hända att den psykiskt instabile blir tvungen att besöka en verkstad om bilen går sönder. Ja, ja. En KBT-Terapeut försöker då få personen i fråga att tänka annorlunda. Istället för att bara fokusera på att det kryllar av skitiga mekanikerfolk i verkstan så är det bättre att tänka att under det lortiga och oljiga finns en ren människa, och att när människan slutar jobbet så tar den av sig den skitiga overallen och går i normala kläder så som du och jag. avslutade Sören.

Ja det var ju en jädra liknelse. Du är då ganska långt från normal du Sören med din röda morgonrock och dina flipp-flopp sandaler i olika färger, men jag hänger med i resonemanget. tänkte Knujt.

– Jag förstår. Vad hände? Det lät som ni inte trodde att han skulle bli normal igen.

Doktor Abrahamsson lutade sig lite närmare och sänkte tonen.

– Först kom han på sin fru med sin bäste vän.

– Är det David Zletter ni menar?

– Ja precis. Hela Leos värld rasade och han krävde skilsmässa. Men det var inte bara han som led av

216

separationen, deras son som var i tidiga tonåren gjorde allt för att hålla sig borta från hemmet och föräldrarnas tjafs. Pojken började alltmer vara hos kompisar och en gång när han var hos en vän i Söderhamn hände det tragiska.

Abrahamsson såg mot Sören och bägge såg nedstämda ut.

– Vad hände?

– Grabben var med sina vänner på ett café. Tyvärr var vännerna med i ett kriminellt gäng och Leos grabb blev indragen i en gänguppgörelse. Det rivaliserande gänget sköt flera på cafét, inklusive Leos pojk.

– Oj! Var det det som hände för några år sedan, som det stod i tidningarna om?

– Ja precis.

– Fy vad fruktansvärt.

Sören nickade och fortsatte där Abrahamsson slutat.

– Ja, Leo gick då från att vara en butter och deprimerad KBT-Terapeut till att vara en introvert och djupt förkrossad människa. Man kan säga att han förvandlade sig till en skalbagge som gömde sig från allt det hemska. Han blev oförmögen att kunna agera i verkligheten och kröp in i sitt skalbaggeskal och satte för skygglapparna så att allt han såg var insidan av sin mentala härdsmälta.

– Han bröt ihop alltså?

– Ja, JAA... eller krossades-ihop är nog ett bättre ordval, VAAAL, val. sa Sören med sina konstiga uttryck.

– Vi trodde aldrig att eremiten skulle lämna sin snäcka, att hunden skulle gå ut ur sin koja eller att fladdermusen skulle flyga mitt på dagen.

– Okej... så vad hände?

– Han bara vaknade upp ur sitt psykotiska tillstånd och sa att han....mådde bra!

– Hade ni gjort något för att han skulle vakna?

– Vi hade provat en massa men han var stängd och onåbar som en mussla. Vi försökte integrera honom med verkligheten, ta med honom på promenad och gå ut och fika. Men han reagerade inte på något och sa inte ett ljud på nästan två år... tills han självmant klev ut ur sin psykos en eftermiddag här i cafeterian. fortsatte Abrahamsson.

– Det låter konstig.

– Det är MYCKET konstigt! Som att spela trumpet insmord i gäddslem när man är på det hemliga huset. stack Sören in.

– När hände detta? När blev han frisk?

De två läkarna såg mot varandra.

– Ja det är nog ungefär en månad sedan.

– Nej, neeeej... Det är mer än en månad sedan. Det var Lördagen den 28:e Juli. Datum är jag bra på. tillrättavisade Sören och lät tvärsäker i sitt påstående.

Knujt kände en lätt rysning och anade att det var något av vikt som han borde observera. Det tog inte många sekunder innan han förstod vad det var.

28:e Juli var dagen efter han vaknat upp efter operationen av skottskadan i axeln.

– Hur är det med honom nu då? Han kan väl inte ha återgått till jobbet ännu?

– Nej han är fortfarande sjukskriven, men går i terapi.

Knujt funderade ett slag. Det var det där med att Leo förmodligen kunde få folk att utföra handlingar som de egentligen inte ville. Vad hade det med KBT-behandling att göra?

– Säg mig... Var det bara KBT-terapi som Leo använde sig av?

Sören såg under lugg på Knujt genom sina läsglasögon som satt långt ut på nästippen.

– Han utövade även en form av meditation. Han försatte sig själv och sina patienter i ett meditativt tillstånd och därifrån sades han enklare kunna få sina patienter att ändra sina tankemönster och beteende.

– Som nån form av hypnos?

– Nä, inte riktigt. Ska jag vara ärlig så vet jag inte exakt. Det var en terapi han forskade på, han hade hopp om att få den accepterad någång i framtiden... Men som du nyss hörde så kom framtiden med hemskheter som inte bara förstörde hans drömmar utan även hans medvetande och sinne. förklarade Sören.

Han lyckades nog bättre än någon kunde ana, men det är ju märkligt att han kunde göra det efter att han varit instängd i sig själv i två år... Eller kanske han utvecklade sin förmåga under den tiden?

219

Kapitel 62.
Poliskort.

Efter ett samtal med skolan så fick Markel det han gissat bekräftat. En av klasserna som spelat brännboll var Leo Halls sons gamla klass, och alla de skadade hade tillhört Leos klass eller föräldrarna till de barnen.

Varför Leo ville skada sin sons klasskamrater fick han inte reda på av samtalet men att det knöt Leo ännu hårdare till Skrömty-Kryssfallet var klart.

När Knujt pratat klart med Sören-Kålrot och doktor Abrahamsson köpte han en bulle och en kopp kaffe av Maja. Det var rätt lugnt och lite folk på cafeterian så Maja tog sig friheten att sätta sig ner med sin "granne" en stund.

– Nå, har ni fått nån ordning på vad som egentligen hände på brännbollen igår?

– Nej inte riktigt, men vi har en del information och vi har en person som är intressant. Riktigt hur han kan kopplas till vad som hänt återstår att lösa. Vi försöker kartlägga allt om honom.

Knujt ville inte gå in på några övernaturligheter och om att en KBT-Terapeut kunde ändra folks beteenden så pass att han fick dem att tända eld på sig själv.

– Hur ska ni kartlägga det han gjort då? frågade hon.

– Vi kollar upp vad han gjort den senaste tiden och vi har en del på övervakningsfilmerna.

När han sagt det kom han på något som kanske skulle kunna hjälpa utredningen framåt. Han såg sig omkring och upptäckte att det även fanns övervakningskameror i cafeterian.

220

– Du Maja, vet du hur kameraövervakningen funkar här?

– Nä, jag är inte så värst insatt i det, hur så?

– Vet du hur länge det som spelas in lagras och sparas då?

– Jag tror det är ett par månader.

– Jag skulle vilja kolla om det finns något inspelat ett visst datum. Kan vi kolla det tror du?

Maja såg mot kassadisken och att den humorbefriade Ulla stod där och plockade upp kaffebröd.

– Jag vet inte vad Ulla säger om det?

– Jag är polis och hon får säga vad hon vill.

– Behövs det inte typ en husrannsakan till det?

– Äh, sånt jollar de bara med på film. sa Knujt, fast han visste egentligen inte hur det var med den saken.

Knujt körde med sitt "poliskort" till Ulla och hon ifrågasatte inget om rannsakningsorder eller befogenhet. Hon såg bara sur ut men lät Maja hjälpa honom.

Övervakningsmonitorerna satt bakom kassadisken.

– Kan du söka efter det som filmats den 28:e Juli?

Maja såg undrande mot honom.

– Vad är det som är så speciellt med den dagen, det är ju över en månade sedan. Vem är det vi letar efter?

– Jag vet inte säkert... det är det jag vill kolla.

Det var en ganska långsökt tanke, men ändå kändes det som han var på rätt spår. Leo Hall hade vaknat upp helt av sig själv när de varit på cafeterian. Inget hade nämnts om att det hänt något speciellt. Det var bara Knujts inre känsla som fick honom att tro det. Fanns uppvaknandet på film så skulle det vara intressant att se.

Ingen av de två var speciellt tekniskt lagda men tillsammans lyckades de till slut förstå sig på övervakningsprogrammet och hur de lokaliserade de loggade filerna. Knujt tog över musen då de var inne bland filmerna från den 28:e Juli.

– Där är han!

Tidskoden i det översta högra hörnet visade 15:48 när doktor Kolderot och Abrahamsson kom in i cafeterian tillsammans med Leo som satt i en rullstol. De rullade in honom vid ett bord och gick sedan till kassadisken för att handla.

Knujts ögon förstorades när två andra personer dök upp i bild. En av dem fick honom att flämta till.

– Du?!... Det var som fan!

Kapitel 63.
Blodsockerfall.

Knujts tankar som kretsade kring det han nyss sett på skärmen skingrades av ett plingande ljud från kassan.

– Står du där nu igen och uppehåller min personal. Så här kan det inte fortgå!

Knujt suckade och vände sig mot Eidolf Maschkman som tittade surt på honom från andra sidan disken.

– Värst vad du är rödfläckig i ansiktet då. Finns det ingen salva mot det där?

Eidolf tog åt sig av Knujts påhopp, men hann inte svara förrän Knujt fortsatte.

– Jag skulle vilja påstå att det är ditt fel att jag måste stå här och uppehålla sjukhusets personal.

– Mitt fel?! Hur kan det vara mitt fel?

Knujt gick fram till disken och lutade sig närmre. Det var ingen i närheten och den där sur-Ulla syntes inte till. Han sänkte rösten en aning.

– Jag tror att det som hänt, inklusive den där brännbollsmatchen från helvetet har att göra med din forskning... eller dina plågsamma människoförsök eller vad man nu ska kalla det.

– Plågsamma människo... vad talar ni om?

Knujt bockade sig ännu närmare och sänkte rösten ytterligare.

– Jo dina A-A-J-5 injektioner på komapatienterna har fått ringar på vattnet.

När A-A-J-5 injektionerna nämndes syntes det att Eidolf reagerade, men han försökte visa sig oberörd. När han inte svarade fortsatte Knujt.

– Den där jädra Spott-Åsa vaknade upp efter 10 år i koma. Det kan ju se ut som ett mirakel, men både du och jag vet att det har att göra med det som fanns i injektionerna.

– Spott-Åsa, vad har hon med brännbollen att göra?

– Jag tror att en viss person vid namn Leo Hall ligger bakom det som hände på brännbollen.

– Leo Hall... Vem är det?

– Det borde väl du veta, han är ju anställt här.

Eidolf kände igen namnet men kunde inte riktigt placera det.

– Jag kan inte komma ihåg alla som arbetar här. Vad är det med honom?

– Han är den gemensamma nämnaren med allt konstigt som skett de senaste dagarna, men det som är konstigare är att han varit okontaktbar en längre tid efter en mental härdsmälta. Han var inlagd och under utredning här och han var totalt innesluten i sitt skal...

– Och?

– Tills han togs med hit till cafeterian för ungefär en månad sedan. Det var då det intressanta inträffade.

Knujt gjorde en paus och Eidolfs nyfikenhet lyste i ögonen och han ville onekligen höra fortsättningen.

– Jaha?...

– Spott-Åsa, som dagen innan vaknat ur sitt komatillstånd togs hit till cafeterian av doktor Kockoheini...

Eidolfs intresse ökade och Knujt fortsatte.

– Han parkerade henne i rullstolen intill Leo Hall och medans de köpte fika la hon sin hand på honom. Hon mumlade något och när dom kom tillbaka var Leo vaken och verkade helt normal.

– Jaha... ja det var ju märkligt, men vad har det med mig att göra?

– Jo det var dina forskningar som väckte upp den där häxan, och hon har då inte varit guds bästa barn enligt vad jag fått höra. Hon tar på en patient som då blir normal men han i sin tur blir involverad i alla de fall där folk beter sig märkligt. Så som att klä av sig naken, spöa varann med bollträn, tända eld på sig själv och köra ner i hamnen. Tycker du inte det är lite skumt?

– Han kan ju bara ha vaknat upp, det behö...

– Det var Spott-Åsa, det är jag säker på! Hon tog på honom och sen vaknade han. Vem vet vad för sjukt skit hon mumlade, säkert en massa häxkonster. Men det var hennes beröring som väckte honom, det såg jag alldeles nyss på övervakningsfilmen från den 28:e Juli.

Eidolf fick en obehaglig känsla.

– På cafeterians övervakningsfilm?

– Ja.

– Visa mig! sa han med en befallande röst och Knujt tog honom med sig in bakom kassan.

Maja nickade åt Eidolf och kände sig lite överflödig, hon bestämde sig för att hålla sig undan.

Knujt visade klippet, men att Eidolf skulle bocka sig fram och stirra så noga på Spott-Åsas hand när hon la den på Leos arm hade han väl kunnat tro.

Eidolf kände hur det snörde ihop sig i magen.

Spott-Åsa! Hon tog på mig med. tänkte han förskräckt.

Han reste sig igen och drog lite försiktigt i skjortan och kavajärmen och såg mot den inlindade underarmen.

De röda utslagen hade spritt sig en bra bit ut mot handen.

– Vad är det där, det är väl inget smittsamt?

225

– Det är inget du ska bry dig i. snäste Eidlof till svar.

När hon vaknat upp och jag kom in till komarummet för att med egna ögon se hennes uppvaknande, då tog hon tag i min underarm. Jävla häxa! Har hon trollat nån gammal böldpest på mig?

Han mindes hennes stirriga blick och hennes knotiga hand som greppade ett hårt tag om hans handled, men nu mindes han även något han glömt tidigare. Hon hade öppnat sitt högra öga som var helt svart... och hon hade sagt något.

– Du Maschkman... du ser lite blek ut. Hur mår du, mår du bra?

Eidolf mådde inte alls bra. Han kände sig yr, som om han fått ett blodsockerfall. Svetten bröt fram och han hade svårt att andas. Han stapplade bakåt, satte sig på en stol samtidigt som han lättade på slipsen.

– Hur är det? undrade Knujt igen.

Eidolfs mobil ringde och han famlade fram den.

– Jag har bara ett litet blodsockerfall. Det är inget allvarligt Tudor.

Hur fan kan Tudor veta att Eidlof är svimfärdig så där på en gång? tänkte Knujt.

– Ja, du kan komma hit om du är i närheten. sa han och avbröt samtalet och tittade på sin klocka.

– Ja det är då inget fel på tekniken i alla fall. mumlade han lågt.

Knujt undrade vad han menade med det.

Kan klockan vara kopplad till Eidofs puls eller nåt? Hur skulle Tudor annars kunna veta av sin chefs hälsoproblem så där snabbt?

Klockan såg ut att vara en vanlig, lite flådigare herrklocka med digitala delar på den klassiska urtavlan.

Det är ju ingen Apple Watch precis, men den kanske kan checka av puls och sånt ändå?

Det tog inte lång stund innan Tudor kom instormandes och misstänksamt blängde mot Knujt.

– Öh, jag har inte gjort nåt. Han kanske har fått nån typ av pest... eller svinkoppor. Det är nog ännu troligare för det passar ju. Don efter person liksom.

Tudor svarade inte utan frågade istället sin chef.

– Mår do bra? Er det han som gjort dig illa. Jag kan slå honom om do vill. Det bara bli en smäll, en dons och en dödsannons.

– Hoppla, hoppla. Det där hörde jag inte riktigt, för inte hotade du just en polis?

– Det är lugnt Tudor, han har inte gjort något. Inte denna gången... Inte mer än att vara irriterande och dryg i vanlig ordning. Hjälp mig upp.

Eidolf försökte ställa sig upp men ragglade till och både Knujt och Tudor fick tag i honom... men då hände något.

Helt plötsligt fick Knujt en sån där vision igen. Han såg ett par grovhuggna händer som stack ut ur ärmarna på en mörkt kamouflerad jacka. De var ärriga och på den högra handen fanns ett ärr som såg ut att vara ett gammalt brännmärke.

Det som inte kändes bra var att händerna plockade fram en stor spruta och de tog bort ett plasthölje som suttit som skydd över nålen. Knujt flämtade till då han såg vad mer som fanns i rummet som visionen tagit honom till.

Lilian... tänkte han chockat då han såg sitt ex ligga i en sjukhussäng.

Då började han förstå vad det var han bevittnade.

Det var som om han såg ut ur ögonen på den som höll i nålen och därför var det som om han såg sig själv göra det som spelades upp för honom.

Personen med ärrhänderna gick målmedvetet fram till Lillians säng och vände hastigt blicken mot dörren... ingen där. Han såg hur händerna injicerade sprutans innehåll i droppåsen intill hennes säng. Sedan sattes plasthöljet åter på sprutan och personen gick ut ur rummet, men i korridoren utanför hördes det hur en ekg-maskin ihärdigt började pipa. Visionen tog slut och Knujt var åter tillbaka i cafeterian. Han höll fortfarande i Eidolf men upptäckte att han även nuddade Tudors hand.

– Släpp mig för gröne! utbrast Eidolf.

Knujt släppte och hoppade ett steg bakåt. Han såg rakt in i Tudors tomma livlösa blick. Den var lika uttryckslös som vanligt och det ena ögat hängde stelt och obehagligt som det alltid gjorde. Knujt såg mot ryssens händer som höll om Eidolf, och på den högra handen fanns samma ärr som han nyss sett i sin vision.

Ryssräkan mördade Lillian. Hon dog fan inte av nån narkos, hon blev mördad.

Han såg mot Eidolf igen och han förstod hur det måste ligga till.

– Vad är det med dig människa? Du ser ju helt skärrad ut. Inte trodde jag att du skulle bli så chockad för att jag blev lite yr.

– Nej det är lugnt nu...

Det blev inget mer prat om vare sig A-A-J-5 injektioner eller Spott-Åsa. Eidolf blev ledd ut ur cafeterian av gorillaryssen och Knujt kände att han behövde smälta visionen han nyss bevittnat.

228

Det är ju klart att det är Eidolf-jävla-skit-Maschkman som ligger bakom mordet. Tudor gör ju inget om han inte fått klartecken från Maschkman först. Varför ville Eidolf att Lillian skulle dö?

Han visste inte, men det kunde ju ha att göra med att Lillian satt på en hel del information vad gällande Knujt.

Eidolf kunde ju inte veta hur mycket hon visste om allt, men han befarade nog det värsta.

Kapitel 64.
Beslutet.

Snekäfts-Bosse hade fått flera frakturer i högerfoten och han hade varit nedsövd under operationen. Ett stort gips prydde nu foten och hela benet var nu ännu otympligare än det brukade... även fast han inte kände något. Det han däremot kände var irritation mot Spott-Åsa.

Trots att sjukhuset ville ha honom kvar för observation hade han skrivit ut sig. Han hade bestämt sig... Det fick räcka nu.

För andra gången på några dagar befann han sig utanför häxans grindar men han var nästan mer nervös nu.

Han var glad att han hade elrullstolen för han var inte i det fysiska skick som krävdes för att ta sig hit med den vanliga rullstolen.

Han såg mot den gipsade foten och sin stympade hand.

Jävla häxjävel! Det är hennes fel. Allt har gått åt helvete sen jag anlitade henne.

Han tog mod till sig och körde fram mot brokvisten och likt förra gången öppnades dörren tillsynes av sig själv.

– Spott-Åsa!... Kan du komma ut så jag kan prata med dig?

Han trodde inte att hon skulle göra det men tänkte att det alltid gick att fråga. När han inte fick något svar suckade han och började motvilligt klättra ur rullstolen för att åla sig in i hennes illavarslande hus.

Det borde vara standard att häxjävlar var tvungna att ha handikappanpassad ramp. tänkte han surt.

Hon satt tyst vid bordet medans han med mycket möda lyckades ta sig upp på stolen mittemot.

Irritationen gentemot henne ökade med ansträngningen, vilket gjorde att rädslan avtog. Han lät inte ens det minsta rädd när han började tala, bara arg och missnöjd.

– Jag vill avbryta vårt avtal, jag vill häva det jag bad dig om. Jag tycker inte att du har fullföljt din del av avtalet. Knujt mår ju förträffligt... i jämförelse med mig som ser ut som nåt krockskadat gods som slängts i nåt dike. Ja du ser ju själv!

Han gjorde en gest med armarna mot sin kropp.

– Jag anlitade dig inte för att jag skulle få lida mer än den där snutjäveln. Nog för att han har kvaddat några bilar men inte ens ett hår har ju krökts på honom.

– Tids nog så kömmer han å få sitt ödesdigra avslut. Ja vell ju bare dra ut på lidande hanses.

– Jag tror inte min kropp kan vänta så länge, för jag råkar värre och värre ut för varje olycka han drabbas av. Jag avsäger dig din uppgift och jag tror inte du klarar av uppdraget du tog på dig.

Bosse var glad att han var arg, för han hade inte vågat vara så här uppriktig annars. Trots sin ilska så kände han hennes kraftfulla utstrålning. Det var som ett mörkt väsen som omslöt henne, som en osynlig spottkobra som cirkulerade runt hennes kropp.

– Tron´t du ja klarer åv å utföra jöbbe mitt ä? sa hon hårt.

– Nej det tror jag inte, och inte tänker jag låta dig bevisa att du kan det heller, du har haft din chans. Jag vill behålla den lilla hälsa jag har kvar så du får avsluta avtalet gällande den där Snut-Knut. Jag tar hand om honom själv.

– Ja jag sir att du ha bestämt dä.

– Ja det kan du ge dig fan på.

– Visst kan ja avsluta dä du anlita mä tell... men dä ä inte så enkelt söm du tror!

– Nähä, varför då?

– Dä kösta ett finger för å påbörjat... dä köster ett finger för å åvslutat!

– Det kan du glömma! Jag har ju för fan redan mist två fingrar tack vare dig. Dom måsta ju kapa av ett till finger på sjukhuset.

– Dä va inte mitt fel...

– Det var det visst... mer eller mindre.

– Vell du åvbryta´t så köster dä ett finget tell... annesch så foschtsätter ve.

Hon öppnade sitt svarta öga och stirrade på honom. Nu var han inte lika kaxig längre, han började bli rädd. Ögat var helt svart och det verkade inte ens mänskligt. Det var som ett svart hål i en stjärnlös rymd och så svart att inget ljus kunde ta sig in i det.

Han tvekade när hon tog fram ett välbekant föremål och la det på bordet med en duns. Han stirrade på verktyget och blev illamående.

– Nå, hur ska du ha dä?!

På sekatörens krökta blad syntes fortfarande spår av intorkat blod och nu låg den där och gapade likt en rovfågelnäbb.

Han kände på sig att hon inte trodde att han skulle klara av att klippa ytterligare ett finger. Men Bosse var envis och tjurskallig och hade han fattat ett beslut så ville han sällan avbryta det. Att avbryta avtalet med henne var inte hans fel, det var hennes. Hon hade visat sig odugligare än han trott. Samtidigt kände han nu lika starkt hat mot henne som han gjorde mot Knut. Han hade bestämt sig.

– Som du ser så är vänsternäven omlindad eftersom jag saknar två fingrar. Kan du hjälpa mig att klippa tror du?

Hon hade nog inte väntat sig det svaret för hon såg inte nöjd ut.

– Nä! svarade hon kort.

Så log hon ett hånfullt leende och klappade honom lätt på högerhanden.

– Du få görat själv, dä gå nog bra ska du si, he, he!

Vid hennes beröring svartnade det av ilska för Bosse och han blev återigen förbannad på kärringjäveln... eller vansinnig var nog mer passande. Han tog tag om sekatören med sin inlindade och stympade hand och lät aggressionerna ta kommandot. Han skrek i ursinne samtidigt som han stirrade hatiskt mot henne och klippte av sitt sista lillfinger.

Han blev yr och svimfärdig, men trots smärtan så höll han sig skärpt. Åsa plockade återigen fram en skitig tygbit till hans blödande fingerstump, men han ville inte få ytterligare en infektion och tog inte emot den.

Han fumlade av sig bandaget på vänsterhanden och lindade det sedan runt den nyamputerade fingerstumpen.

– Jag kan inte säga att det har varit trevligt att göra affärer med dig, däremot är jag glad att vi slipper ha nåt mer med varann å göra. Adjö!

Han skyndade att kravla sig ut till rullstolen medans hans kropp fortfarande var fylld av adrenalin. Det var förbannat bra att han hade sin elrullstol nu för han var inte på långa vägar i stånd till att rulla för hand... och det var långt till sjukhuset.

Spott-Åsa stod i dörröppningen och såg efter honom. Hon var inte direkt nöjd med att behöva avsluta ett uppdrag. Det gav hennes rykte och stolthet en liten törn, men hon visste att det blev bäst så här.

Hon kände sig ringrostig efter de 10 år hon legat i koma och samtidigt kände hon sig färsk och ny. Hela hon var annorlunda och de gåvor hon fått hade utvecklats, men hon behövde lite tid för att till fullo förstå dem och tolka dem rätt. Hon hade vetat att Bosse skulle komma och avsluta det hon anlitats för. Inte till en början, men i morse var hon säker på det, och att det hela varit menat från början var hon helt säker på nu.

Hennes kamp mot den där polisen var inte menad att utspelas på grund av en sur öbo. Nej den kampen skulle komma senare förstod hon, hennes skuggögdhet och sjätte sinne sa henne det. Det var nåt speciellt med den där Knut och hon ville veta mer om honom.

En annan sak som utvecklats i och med att Snekäfts-Bosse avblåste hennes uppdrag var att han öppnat sin inre vrede. Hon hade känt det då hon klappat honom på armen. Hon hade i och med sin beröring förstått att hans bitterhet och hat var nära att förtära honom... och hon hade hjälpt honom på traven.

Alla hade ett svart hål i själen. Hennes mor hade sagt att det var där ondskan bodde och att den hölls instängd där för att inte kunna härja fritt. Ibland lyckades den ta sig ut, men bara i kortare stunder tills ondskan åter fängslades av själens ljusa del, den del som var så mycket större. Åsa var en person som hade gåvan att se de som hade stora mörka hål i sina själar... och där mörkret så gärna ville hitta ut. Åsa kunde hjälpa mörkret att bryta sig ut med endast en beröring...

Hon gick in igen med ett behagfullt leende och tog hand om lillfingret. Hon utförde en ritual som det var länge sedan hon använt sig av.

Så öppnade hon ett skrin som hon gömt under lite bråte i en garderob. I skrinet fanns 14 små askar och nu lade hon ner den 15:e, den som innehöll Snekäfts-Bosses finger. Denna fingersamling var från tidigare brutna avtal. Hon hade med lätthet kunnat avsluta uppdragen utan några avklippta fingrar. Fingrarna hade inget med det att göra, nej det var hon själv som gillade att se hur långt personen var villig att gå.

Alla fingrar hade tillhört folk som... låt säga hade ett annat öde. Hon hade väckt upp det mörka i deras själar när de avbrutit hennes uppdrag, vilket hon med tiden insett varit själva meningen redan från början.

Kapitel 65.
Dålig aptit.

Vaniljkrämens runda klickar på wienerbröden stirrade som gula ögon mot herr Maschkman. De såg inte lika aptitliga och goda ut som de brukade.

Eidolf som visste att det övernaturliga inte var att leka med funderade på det han nu var säker på.

Varför hade Spott-Åsa gett honom dessa utslag? Svaret var inte svårt att komma på. När hon tagit tag i hans arm och spänt sitt svarta öga i honom hade han fyllts av hennes mörker och han hade ryst av obehag. Så hade hon sagt...

"Dä ä dumt å prata illa öm fölk när fölke ä i samme rum!"

Det var det enda hon sagt, sen hade hon släppt honom. Han förstod vad hon menat. I hans ögon hade dem som ingått i koma-projektet bara varit objekt... likt saker eller försökskaniner.

Han hade använt sig av många ord som kunde uppfattas som kränkande för dem som låg i koma.

Samtidigt blev han irriterad på sig själv. Eftersom han var en av dem på den här ön som visste mest om vad övernaturligheter kunde åstadkomma så borde han ha vaktat sin tunga lite bättre. Men nu var skadan redan skedd... frågan var bara vad han kunde göra för att häva det hon startat.

Han tog en tugga av wienerbrödet men höll det med vänsterhanden som inte var lika full med utslag. Han kunde ju inte veta om utslagen kunde spridas ännu mer? Han ville verkligen inte ha en massa bölder i svalget.

Han sprätte till när en gäll signal hördes från telefonen på skrivbordet. Det var den röda linjen och han anade vad det rörde sig om.

– Föreståndare Eidolf Maschkman Gallbjäres rättsspykiatriska sjukhus. titulerade han sig när han svarade.

– Ja hej. Det var Thoman Bovenhöjk från Rättsspyk i Sundsvall. Vi har planerat förflyttning av patienten i morgon. Är det någon speciell tid som passar bättre för er att ta emot honom?

– Det är mindre folk i omlopp om leveransen sker på kvällen, det är ju synd att dra på sig för mycket uppmärksamhet. Om öborna får reda på att han kommer hit så bildar de nog en nyfiken folksamling.

– Jo det är sant.

– Förresten, kommer media att få information om att patienten ska förflyttas hit till oss?

– Nej, ju färre som vet av en sån här transport ju bättre. Det försvårar eventuella fritagningar.

Eidolf gillade det han hörde.

– Bra! Ni kan komma vid 22 tiden i morgonkväll så ser jag till att vi tar emot vid den mindre kajen intill den stora terminalen, samma kaj ni levererat till tidigare.

– Klockan 22 blir bra.

– Och kom ihåg att håll låg profil. Inga blinkande lanternor eller sånt som kan få en massa ögon riktade mot oss.

237

Kapitel 66.
Utanför vakten.

När grindarna öppnades för Knujt som kom på sin något krockskadade gamla damcykel stod Grisskinns-Eifva på parkeringen intill vaktstugan. Han suckade för han gissade att hon inte bara stod där för att sola sig.

När han ställde ifrån sig cykeln öppnades dörren till personalingången och Markel kom ut.

– Tjena Chiefen!... Hej på dig Eifva! Jaha, ä du här å?

Knujt anade att kollegan bara spelade som om han inte hade sett henne. Han var nog allt bra nyfiken på vad hon hade att säga och han ville säkert ta del av allt som hade med Skrömty-Kryssfallen att göra.

Eifva svarade inte utan hade blicken fäst på Knujt.

– Nu borde du kunna våga dig på att åka bil igen då det mörka molnen över dig är borta... Fast kvar finns fortfarande **ett** vakande mörker.

Knujt reagerade på att hon hade betonat "ett" vakande mörker, vilket fick honom att få en inre bild av Spott-Åsas svarta öga.

– Är det Spott-Åsa som ligger bakom allt som hänt mig?

– Det behöver jag inte svara på, du vet hur det ligger till.

– Men varför har hon ett vakande öga på mig?

– Därför att du är viltfröet som kommit tillbaka då stenen från skyn landade på ön.

Knujt förstod vad hon syftade på men Markel sträckte på sig och såg så nyfiken ut att det såg ut som han höll på att sprängas.

– Viltfröt som komme tebaks?... mumlade han.

Knujt ville inte förtydliga något för Markel och ignorerade hans mummel.

– Men du tror att min så kallade bilförstörarkarriär är över och att jag kan sluta cykla nu?

– Det stämmer. Den som frambringade det mörka molnet har ångrat sig.

– Spott-Åsa?

– Nä, den som anlitade henne. Fast han har inte gett upp ännu.

– Snekäfts-Bosse?

På det svarade inte Eifva utan övergick till något annat.

– Hur var det nu igen?...

Hon skakade skinngrisen Tobias och lyssnade på det keramiska rasslandet... så sänkte hon grisen.

– Fiende och vän kommer att vara samma sak. Lejonet bakom rosengardinen håller i trådarna....

Hon vände sig mot Markel med allvarlig blick.

– Ett ben är bara ett ben. Tvekan kan ge värre effekt. Bakom kurbitsen finner du lösningen.

Hon tystnade och det gjorde Markel och Knujt också. Båda ville fråga om fler detaljer men båda visste bättre. Men Knujt kunde inte hålla sig från att fråga om något annat som han funderat på.

– Öh, men jag måste bara få fråga varför hon kallas för "Spott-Åsa"?

– Ja men dä kan ja svara på Chiefen. Dä ä för att föör tebaks i tin så spotta dom över axeln så fort dom såg na... ungefär som folk bruker gö när dom ser en svart katt gå över vägen. Ja... så fick hon heta Spott-Åsa... På grund av spottet liksom... som hon spotta... över axeln. Tvi, tvi, tvi.

– Ja jag fattar.

239

– Ja då var den här uppgiften avklarad. Nu ska jag hem för jag kommer få besök. Adjö. sa Eifva och vände på klacken.

Hon hade inte hunnit långt förrän Markel med låg röst frågade.

– Va mena hon mä att du va viltfröt som kom tebaks... å dä där mä stenen från skyn?

– Ja du Markel, vem vet?

Kapitel 67.
Kannibaler.

Med varsin rykande kopp kaffe satt de samlade i vaktstugan, Knujt, Markel och Leila. Katta hade åkt till Lemke för att luncha.

– Jaha, så var tar vi vägen härnäst... förslag? undrade Knujt.

– Ja vi kan ju inte bara arrestera den där Leo för vi kan ju inte bevisa att han är skyldig bara för att dä ser ut som han mediterer samtidigt som folk gör galna saker.

– Nä, precis. Hur fan ska vi lyckas hitta några bevis mot honom?

Markel hade inget svar.

– Ni kanske kan åka till honom och låtsas fråga om vittnesuppgifter angående brännbollsmatchen.

– Bra idé Leila. sa Knujt.

– Ja vet inte om den ä så värst bra. Tänk om han gör så vi blir kannibaler och äter upp varann... och att vi klär av oss naken å jucker ihjäl varann samtidigt som vi äter ihjäl oss! utbrast Markel.

– Jaa, det skulle jag vilja se... att ni var nakna och jucka mot varann... fast inte tills ni kannibalissera ihjäl varann så ni dog. sa Leila och såg ut att fantisera om scenariot.

– Men nu få du väl ge dä! Du tänker ju bare på nakna gubbkroppar du. sa Markel surt.

– Ja men tanken är ju fri och den går som den vill. svarade hon och såg inte ut att förstå att hon sagt något opassande.

– Jag har svårt att tro att han attackerar oss om vi bara frågar om vittnesuppgifter. Vi är ju trots allt poliser. sa Knujt.

– Säg dä till bilen din som Rolf kvadda!

– Hmm, ja du har en poäng... men vi måste ju göra nåt. Vad har han för adress?

Knujt och Markel tog sig till adressen och för säkerhetsskull sa Knujt till Markel att ta med sig sitt tjänstevapen. Markel som sällan fick bära vapen blev glad... men även lite nervös.

Nu stod de utanför Leos hus och väntade på att han skulle öppna efter att de ringt på, men ingen kom och öppnade.

Markel ställde sig med ryggen mot väggen och smög sedan fram till ett fönster där han hastigt kikade in för att sedan hoppa tillbaka med ryggen mot väggen igen.

– Vad håller du på med? undrade Knujt.

– Jag spejer i smyg liksom. Knacka på igen du Chiefen.

Knujt gjorde så och när knackningarna ljöd skyndade Markel sig i låg ställning fram till ett annat fönster. Han gjorde tecken till Knujt att knacka igen. Markel drog fram sin pistol och spejade åter in genom ett fönster.

– Men plocka undan den där. Om nån granne ser dig så blir det ett jädra snack.

– Ja men tänk om han börjer på å styr oss då? Då läre man ju skjuta innan man hinner fundera så mycket.

– Ja men om han finns där inne och får syn på dig så lär han ju inte öppna, och då kommer han garanterat att försöka styra dig till... ja, inte vet jag, men ser han att du är beväpnad kanske han gör så du skjuter dig själv... eller mig.

Markel såg mot pistolen och plockade genast undan den.

– Oj, sorry.... Tänkte inte på dä Chiefen.

Då ringde Leila från vakten.

– Det har inkommit ett larm om nån som tänker hoppa från ett tak.

242

Kapitel 68.
Mannen på taket.

En orolig öbo hade ringt och larmat om att en man stod uppe på ett hyreshustak i färd med att hoppa. Det visade sig att adressen var densamma som till David Zletter. Under tiden som Markel och Knujt tog sig dit ringde Knujt till Katta. Hon var på lunch hemma hos Lemke och han bodde ju bara några hus därifrån.

När de kom fram stod redan Katta och Lemke ute på gräsmattan mellan tvåvåningshusen med blickarna fäst mot ett av taken.

– Är det David? undrar Knujt.

– Ja de ä David Zletter. svarade Lemke.

– Okej. Har han sagt nåt?

– Nej vi har försökt att få kontakt med honom men han bara står där. sa Katta.

– Okej. Leo Hall måste vara i närheten, ni får gå runt och kolla om ni ser honom. Han kanske gömmer sig i nån buske eller i nån lägenhet. Markel, du kan väl försöka googla på mobilen och kolla om han har nån bekant här i området.

Han sa det i lägre ton så att ingen annan skulle höra och vände sig sedan mot Lemke.

– Känner du David?

– Känner å känner... Ja veit ju vem han e. Han lonchar ju ofta hos oss.

– Du får stanna här och hjälpa mig att få kontakt med honom.

Så blev det. Katta och Markel gick iväg och Lemke stannade kvar med Knujt.

– David, jag vet att du kan höra mig! Du vill inte göra det du tänker på. Om du anstränger dig så inser du att du inte vill det här. ropade Knujt.

Till en början var David tyst, men efter en stund började han prata.

– Jo jag vill göra det här! Jag har insett att jag är ett svin. Jag har låtit köttets lusta styra istället för att behandla min vän rätt. Jag har låtit mitt kön vägleda mig och jag har på grund av det svikit ett helt livs vänskap. 30 år av vänskap betydde mindre än att jag skulle få hoppa i säng med min bäste väns fru.

– Det må så vara men det du tänker göra nu vill du egentligen inte göra. Koncentrera dig och känn efter... Du vill inte hoppa, eller hur?

– Jo det vill jag! Det känns motsträvigt men jag är lika medveten om att jag vill det som när jag beslutade mig för att ligga med Tina... min bäste väns fru. Att hoppa är det rätta.

Han stod uppe på taknocken och han tog ett steg närmare kanten.

Shit! Han tänker göra det. Hur fan ska jag få stopp på det här?

Knujt såg sig om, men Leo syntes inte till.

– Skit oxå!

Markel som både försökte ha koll på omgivningen och mobilen hittade en del intressant information när han googlade.

– David! Du vill inte hoppa säger jag! Tänk efter. Du vill inte det!

244

– Jo, jag har insett att mitt svek till Leo aldrig kommer att lösas. Jag kommer aldrig att må bra igen efter det jag gjort. Jag måste hoppa!

Han gick nu ännu närmare kanten.

– Leo Hall! ropade Knujt och lät blicken åter söka runt området.

– Jag vet att du är här Leo! Jag vet att du gömmer dig och tittar på. Du måste sluta nu. Inget blir bättre av det här. Alla vet nu vad David har gjort.

Knujt var lite irriterad för att han inte kunde skrika ut exakt hur mycket han visste. Men det stod åtskilligt med nyfikna människor i fönstren och de skulle tro att han var tokig om han talade klarspråk. Nu fortsatte David där uppe på taket.

– Alla vet nu, och just därför förstår dom att jag gör det här av egen fri vilja. Leo har inget med det här att göra. Det är bara mitt svek mot honom som fått mig att inse att det här är det enda rätta.

Nu stod han längst ut på kanten.

– Nej David, hoppa inte! ropade både Knujt och Lemke i kör.

Men David lyssnade inte utan hoppade och slog rätt ner i backen.

245

Kapitel 69.
Tre hinkar.

Det var nog första gången som herr Maschkman åkte och besökte öns siarkärring. Han läste på skylten intill vägen där det stod "Nåderlögds Slakteri". Han försökte erinra sig om om han någonsin hört någon kalla Eifva för Eifva Nåderlögd, han trodde inte det. Grisskinns-Eifva eller bara Eifva var det folk sa.

– Chefen, hon står där ute på gården och väntar.

– Varför blir jag inte förvånad. mumlade Eidolf till svar från baksätet.

– Stanna här Tudor, jag går själv. Du kan vänta i bilen.

Eftersom Tudor var Eidolfs vakt och högra hand var han nog den som visste mest om honom. Men att han besökte en spåkärring för att få råd mot en häxkärring var lite för personligt och han ville inte att den råbarkade ryssen skulle bevittna konversationen. Det fick honom att känna sig utsatt och svag, vilket han inte ville.

– Din osympatiska syn på medmänniskor har straffat sig. Du har blivit besudlad av den "Svarta Handen" och det är anledningen till ditt besök. sa Eifva så fort han kom fram till henne.

Eidolf var tvungen att bearbeta det hon sagt.

– Besudlad av den Svarta Handen?... Menar du när den där Spott-Åsa tog tag i mig?

Eifva svarade inte och det behövdes inte heller. Han visste vad hon menade.

– Ja, det är därför jag är här.

Han vände sig hastigt om och såg mot Tudor som satt kvar i bilen, sedan drog han upp kavajärmen samtidigt som han skylde armen med sin kropp så inte Tudor skulle se vad han gjorde.

– Se här! Nu är det strax över en månad sedan hon tog på mig och se hur jag ser ut. Det har spridit sig över hela kroppen.

Han visade upp armen trots att bandaget fortfarande satt kvar, utslagen hade ju spritt sig så de fanns överallt.

Eifva tog ett steg närmare.

– Ta av bandaget.

– Öh.. Jaha?

Han tvekade, han ville egentligen inte exponera hur illa ställt det var med hans arm, men skulle han få nån hjälp så var han väl så illa tvungen.

Hon visade inte en min, hon var gravallvarlig.

– Är det Svarta Handen... hon har trollat på mig?

Eifva nickade.

– Vad innebär det? Det låter inte speciellt trevligt.

– Du kan sluta med den där salvan som du smörjer med, den hjälper inte. Mot häxkonster från en som använder sig av de mörka krafterna hjälper föga apoteksmedicin.

– Nähä...

– Spott-Åsa tillhör den mörka delen av skuggsidan, och för att få bukt med hennes påhitt krävs hjälp från den andra sidan... de dödas sida.

Eidolf svalde och kände hur svettpärlorna började tränga fram i pannan.

– De dödas sida... eh, jaha? Det låter ju inte så farligt...

Han insåg hur nervös han lät.

– Utslagen och klådan kommer bara att bli värre, men jag kan få dom att vara borta i morgon bitti... bara du är villig att göra som jag säger.

247

Med de orden anade Eidolf att det nog inte var någon lätt uppgift han skulle behöva göra, så som att svälja ett piller eller att gå till sängs.

– Kan du få bort denna jävulens åkomma från min kropp så gör jag precis vad du vill. Säg bara vad jag ska göra.

Anade han inte ett svagt leende i kärringens annars så allvarliga ansikte?

– Följ mig. sa hon befallande och lyfte den lilla skinngrisen högre upp i famnen och gick in i slakteriet.

Eidolf följde tvekande efter.

– Chefen! Ska jag folja eller stanna?

Tudor hade öppnat bildörren och klivit ur med ena benet.

– Jag klarar mig själv, stanna där du! Det här tar nog inte så lång tid.

Så fort orden for ur hans mun anade han att han skulle få äta upp dem.

Eifva Nåderlögd ledde in Eidolf till ett kallt rum med vitt kakel på väggarna. I taket hängde stora köttkrokar och det luktade död och åter död där inne. Herr Maschkman gillade inte detta ställe, och säkerligen inte vad han snart skulle få genomlida.

Eifva stannade intill tre stora hinkar med en rödaktig sörja.

Hon tog en av hinkarna och hällde ut innehållet på golvet, Eidolf kunde se slemmiga broskbitar, ögon, senor och tjockt blod sköljas ut över golvet. Det var slaktavfall.

Hon tömde ytterligare en hink och vände sig sedan mot honom.

– Ta av dig kläderna och lägg dig naken i slaktrenset och rulla runt.

– Vafalls?!

– Du hörde vad jag sa.

– Kommer aldrig på fråga! Du måste skämta. Jag skulle väl aldrig klä av mig naken och rulla mig i det där... vidriga.

Det hela var så absurt att han fnös i något som liknade förakt, men när han såg hennes allvarliga blick förstod han att hon menade allvar.

– Dina utslag är borta i morgon bitti om du gör som jag säger.

Hela hans kropp och sinne skrek att han skulle gå därifrån, men på något vis kom han sig inte för att göra det. Eifva pekade mot den röda sörjan på golvet.

– Jag kan vända mig om medans du klär av dig om du känner dig pryd.

Hon gjorde det men pekade fortfarande mot den vidriga sörjan på golvet.

Eidolf märkte att han i ren nervositet kliade sig på underarmen, och ju mer han tog där ju mer kliade det. Han såg på de blödande vätskefyllda utslagen.

Jag kom ju hit av en anledning, att hon skulle hjälpa mig att bli av med blemmorna. Då kan jag ju inte gå härifrån när hon vill hjälpa.

– Mina utslag vätskas. Om jag rullar mig i slaktavfallet... kommer inte infektionsrisken vara väldigt stor då?

– I vanliga fall jo... men i detta fall, nej. Se så, av med kläderna nu, jag har inte hela dagen på mig.

Mot alla principer gjorde han som hon sa och rätt som det var låg han där spritt språngande naken och rullade runt i den kalla vidriga sörjan.

– Den kalla döden får den Svarta Handens grepp att lätta.

Han såg upp mot henne och hon stod nu med en tredje hink i sina händer.

249

– Den varma döden får den svarta handens grepp att lossna. sa hon och hällde hinkens innehållet över honom.

Denna gången var det varmt slaktavfall från ett nyslaktat djur.

Det kändes skönt i allt det äckliga och Eidolf kippade efter andan.

– Nu är du nästan klart, men det du gör härnäst är minst lika viktig.

– Jaha, och vad är det då?

– Du får inte tvätta dig förrän i morgon bitti. Du kan ta på dig dina kläder, men du får inte tvätta dig. Sen ska du åka hem och lägga dig. Du kommer att somna omgående och när du vaknar kan du duscha, då är utslagen borta.

– Får jag inte tvätta mig förrän i morgon?! Är ni inte riktigt klok människa? Jag kommer ju kräkas om jag ska ha detta äckel på mig ända tills i morgon bitti.

– Du har inget annat val, för isåfall har du rullat dig i sörjan helt i onödan.

Han tänkte på det hon nyss sagt.

Jag tänker då inte ha gjort denna kränkande handling helt i onödan. Jag får väl göra som hon säger.

Motvilligt tog han på sig sina dyra fina kläder över sin nedsmetade blodiga kropp. Han torkade ansiktet med kavajärmen och tog slutligen på sig sina skor. Han kunde känna hur en slemmig köttslamsa gled omkring mellan tårna men han orkade inte göra något åt det. När han gick ut ur byggnaden kom Tudor rusande med draget vapen.

– Våd har hent chefen?

– Inget.... Fråga inte, kör hem mig bara. Men kör mig till baksidan av gården, jag vill inte att Marianne ska se mig så här.

Kapitel 70.
Det oväntade.

Det kändes hemskt att vara så nära och ändå inte kunna förhindra att David plattades ut mot marken. Lemke vände sig bort i avsmak, men Knujt kunde inte låta bli att stirra på kvarlevorna av den trasiga människokroppen som låg framför dem. Han blev avbruten av mobilen, det var Markel.

– Hej Chiefen! Leo har en moster som bor i grannhuset.

– Han hoppade!

Det blev tyst en liten stund.

– Har David hoppa?

– Ja alldeles nyss.

– Oj fan, ja kommer!

– Ja gör det. Jag ser att Katta redan är på väg hit.

Markel bröt samtalet och skyndade tillbaka mot Knujt och Lemke.

Knujt blev lite brydd över att Katta inte såg mot den döde och visade avsmak eller, ja... någon reaktion. Istället kom hon gående mot dem med bestämda steg.

– Har du fått syn på Leo? undrade Knujt.

Katta svarade inte, hon bara gick rakt emot honom. Han skulle precis ställa frågan igen när han fick en illavarslande känsla. Det var något konstigt med hennes blick. Hon stirrade rakt mot honom med en sådan beslutsamhet. Sen small det och Knujt var så oförberedd att han inte hann reagera.

När Katta kommit nära nog tog hon sats och skickade på Knujt en sjujävla höger som fick det att blixtra i skalle på honom, sekunden senare låg han på marken och allt svartnade.

251

– Va i helvete gör hon?! utbrast Markel och började springa mot dem.

– Katta… va gör du?! Har du blitt galen? flämtade Lemke.

Hon hade bockat sig ner och börjat gräva innanför Knujts jacka. När Lemke såg att det var pistolen hon var ute efter lade han sin hand på hennes axel.

Katta vände sig om och gav även Lemke en högersving så han flög baklänges och ramlade ihop. Hon gick fram till honom och plockade upp en stor sten som hon sakta höjde.

Va fan tänker hon göra? tänkte Markel.

– Katta, varför sleog du mig?

Lemke försökte fokusera blicken. Så såg han att hon stod över honom med en stor sten och han insåg vad hon tänkte göra. Han blev som förstelnad och kunde inte röra sig. En fasansfull skräck for genom honom och han kände förtvivlan och rädsla, men framför allt var han helt oförstående till hur hon kunde göra så här mot honom.

– Nej Katarina… gör de inte. fick han ur sig med låg darrande röst.

Så höjde hon stenen ytterligare.

PANG! Ett skott brann av så det ekade mellan husen.

Kapitel 71.
Beslutet.

Markel hade avfyrat sitt vapen mot sin kollega, och efter att ljudet av smällen tonat ut såg han allt som i slowmotion... Hur Kattas lår ryckte till och hur hon tappade balansen samtidigt som hon tappade greppet om stenen. Stenen landade med en duns bara några decimeter från Lemkes huvud. Katta skrek och föll baklänges till marken och tog tag om sitt högra lår.

Markel stod kvar i samma ställning som han haft när han avfyrade skottet och hela händelseförloppet spelades upp i hans huvud.

Först hade han inte trott sina ögon när Katta klippte till Chiefen. Men han var ju trots allt polisassistent... eller vicesheriff som han hellre kallade sig, och han hade ju det som krävdes för att koppla ihop saker och ting.

Så efter ett par sekunder insåg han att Katta måste vara styrd av Leo.

Men när hon klappat i för sin kära Lemke fick han det verkligen bekräftat och när hon plockade upp stenen stannade han och tog fram sitt vapen.

Han förstod vad han kanske skulle bli tvungen att göra... att skjuta sin kollega för att rädda Lemke. Det han inte riktigt visste var om han skulle klara av det. Kunde han verkligen skjuta Katta?

Medans hans panikartade hjärna försökte greppa efter det rätta beslutet så lyckades ett minne tränga fram.

"Ett ben är bara ett ben. Tvekan kan ge värre effekt. Bakom kurbitsen finner du lösningen."

Det var Grisskinns-Eifvas ord han hörde.

Ett ben ä bara ett ben. Tvekan kan ge värre effekt sa hon...
men hon sa ju nå mer? Kurbits... va fan är kurbits?

Han såg hur Katta höjde stenen. Markel funderade vidare.

"Fiende och vän kommer att vara samma sak" hade hon också sagt.

Katta ä vän, men nu ä hon fiende... Ett ben ä bara ett
ben... Ja måste göra nå innan hon krosser skallen på Lemke.

Han siktade och sköt. Han hade siktat mot Kattas ben, precis som Eifva sagt. "Ett ben är bara ett ben". Hon hade haft rätt ännu en gång. Om han tvekat skulle påföljden ha blivit mycket värre. Han var glad över att kollegan stoppade i sig godsaker hela tiden, vilket gjort hennes lår stora och tjocka och inte särskilt svåra att träffa.

Det var hemskt att höra Katta skrika och det var nog det smärtsammaste skrik han någonsin hört.

– Katarina! Du sköt henne!

Lemke lät chockad och såg anklagande mot Markel och reste sig upp.

– Ja jag lära väl dä annars skulle hon ju ha kasta sten i skallen på dä.

– Men sleuta sikta peå henne, hon ä ju skjuten å kan ente göra nåt neu!

Markel sänkte vapnet och då slutade Katta att skrika för en stund. De såg på henne och det var något flackande och osäkert i hennes blick. Hon såg skrämd och oförstående ut och hon tittade på sitt skottskadade ben och sedan mot Markel.

"Du sköt mig?" sa hennes ögon med förvåning. Hon vände sig mot Lemke och då sa ögonen, "Jag tänkte döda dig"...

– Katta! Ä du dä själv igen? ropade Markel.

Katta hade svårt att förstå vad som hänt, eller rättare sagt förstå hur hon kunde göra det hon gjort. Helt plötsligt hade hon fått en sån himla lust att gå och slå Knut på käften. När hon gjort det så insåg hon att hon tänkte ta hans pistol för att skjuta honom. När Lemke försökte stoppat henne skulle även han röjas ur vägen och eftersom hon såg stenen som låg intill honom hade hon tänkt att den skulle fungera bra att krossa hans skalle med.

Hon flämtade till. Hur kunde hon ha tänkt så? Hon älskade ju Lemke. Det var helt oförklarligt att hon agerat så. Eller...

Hon förstod nu att hon utsatts för detsamma som David Zletter och de andra. Leo Hall måste ha kontrollerat henne, styrt henne...eller hur han nu gjorde det. Men det hade känts helt naturligt för henne att göra som hon gjort.

Hon var chockad och smärtan i benet glömdes bort för en stund när insikten av att hon kunde ha dödat två personer som stod henne nära nu ramlade över henne.

Trots hennes chockade sinne blev hon nu varse om något. Det var Lemke som sträckte sig efter stenen, stenen som hon precis tänkt krossa hans skalle med.

– Ja ä en leiten kaneinapeåg freån Skeåne. Tra-la-la-la-la-la-la-la-la-la-la.

Lemke log och hans tänder hade färgats röda av blod från läppen som spräckts av Kattas smäll. Hon såg hur blodet började rinna ner över hans haka.

Knujt låg fortfarande avsvimmad men han var ändock medveten på något underligt vis. Han befann sig nu på ett helt annat plan och han upplevde något väldigt märkligt.

Kapitel 72.
Dold på håll.

Leo Hall stod och såg hur hans marionetter gjorde precis som han ville. Han stod dold och kunde inte upptäckas av dem utanför.

Det hade gått lättare nu... eller det blev lättare för varje gång som han tog sig in i någons medvetande. Till en början hade han behövt blunda och fokusera, men nu behövde han bara koncentrera sig. Det här var en förmåga han skulle lära sig bemästra till fulländning.

Han hade förändrats mycket sedan han vaknat upp från den psykiska kollapsen där han slungats in i ett mentalt mörker. En gång för inte så länge sedan ville han hjälpa människor genom att få dem att ändra sina beteenden. Hans jobb som kognitiv beteendeterapeut grundade sig på att få människor att byta beteendemönster för att de skulle må bättre och kunna fungera i sin vardag.

Med tiden ville han förbättra metoderna genom att använda sig av en egen form av hypnos där patienterna fick försätta sig i ett meditativt tillstånd samtidigt som han försökte komma in i deras medvetande och få dem att ändra rutiner och beteende. Han tyckte att han lyckats, om än ganska sparsamt.

Under detta skede hade hans äktenskap med Tina blivit allt sämre. De grälade ofta, och en dag hade han hittat henne i sängen med David Zletter, hans gode vän sedan länge. Detta ledde till att han blev bitter och lättirriterad. Han blev grinig på allt och alla, inklusive sina patienter och sin son Lars.

Skilsmässan tog hårt på sonen som höll sig borta så ofta han kunde. Att Lars umgicks med nya vänner i Söderhamn brydde inte Leo sig om, han förstod att hans son inte ville vara hemma.

När sonen omkom i en gänguppgörelse kraschade Leo. Alla trodde att det berodde på sonens död, och det gjorde det ju också... men det var något annat som var den största orsaken.

Allt han kände efter Lars död var ilska och hat. Han var så fylld av vrede att han ville förinta hela världen och det kändes som ett mörker åt upp honom inifrån. De hatiska tankarna bytte form till allt mer onda och han ville inte längre hjälpa människor, han ville skada dem. Flera gånger kom han på sig själv med att ha suttit och stirrat rakt fram en lång stund.

Till slut var det som om mörkret inom honom tog upp en så stor plats att han själv inte fick plats.

Så fann de honom sittandes helt okontaktbar med öppen mun vid köksbordet.

Tiden på sjukhuset mindes han i stort sett inget av, bara små fragment av ett kaos som härskade och rusade runt inom honom. Det var först när han var på cafeterian och den där Spott-Åsa vidrört honom som han vaknat upp. Den gamla haggan hade viskat i hans öra.

"Ditt förstånds skärver ska nu fogas samman igen. Din förmåga ä nu bakåfram kan en säga. Varför hjälpa när dä går å gö så mysche anne"! hade hon sagt.

Efter det var det inte något fel på hans minne och kaoset som splittrat hans psyke pusslades ihop och han kände sig med ens hel. Hel men förändrad.

Allt hat och all vrede gick nu att tygla, han omfamnade det och förstod att han inte längre var samma person som innan.

På sjukhuset ville de göra en utvärdering av hans mående innan han fick återgå till arbetet. Under tiden behövde Leo få

257

utlopp för sina inre aggressioner. Han hade tidigare fått människor att ändra sitt beteende så att de mådde bättre. Nu ville han få dem att bete sig så de mådde sämre. Till en början var de bara fantasier. Tills för några dagar sedan. I matkön på Skrikmåsen hade han stött på Åke-Lars. Han brukade tycka att Åke-Lars var en jobbig tönt som hela tiden småskrattade fast det inte fanns något att skratta åt. Nu kände han bara hat och förakt för den hippieliknande idioten. Åke-Lars hade gått på behandling hos honom just för att försöka sluta med det onormala skrattandet. Men när Leo ville involvera honom i sin meditation och hypnos-terapi hade Åke-Lars ångrat sig. Han tyckte inte längre att han hade några problem, för han själv brydde ju sig inte om att han skrattade. Det var bara dem i hans närhet som tyckte det var jobbigt. Nej han tänkte inte lägga ner mer pengar för att andra skulle bli nöjda.

Leo hade retat upp sig mer och mer för var gång han hört idioten skratta.

Så när han satte sig till bords på Skrikmåsen kände han hur det inre kaoset blossade upp och en tanke om att han skulle försöka ta sig in i Åke-Lars medvetande formades.

Leo blundade och koncentrerade sig på hur de brukade samtala om Åke-Lars beteende under terapin. De hade kommit djupt in i hans medvetande och beteendemönster. Leo ville tillbaka in i skallen på den där irriterande skrattmåsen. Så helt plötsligt var han inne. Han förstod inte riktigt hur det gått till, men han kunde känna att han var inne i idiotens medvetande.... Men nu var det han som satt vid spakarna.

Det var en chockartad upplevelse och han blev näst intill euforisk av upptäckten.

Leo kunde till och med se ut ur Åke-Lars ögon och se detsamma som han såg.

Mitt i synfältet stod den där sura gubbjäveln Rune Stålblom och torkade borden. Synen resulterade till det efterföljande händelseförloppet. Fast han hade ju hoppats att Rune skulle slå ner Åke-Lars. Men, men, han kunde ju inte få allt.

Exalterad av sin nya förmåga visste Leo inte riktigt vad han skulle göra med den, men han ville genast prova igen.

Leo hade stått innanför entrén och tittat ut precis när den där polisens bil havererade utanför, och när den där drummeln Rolf Tagesson dykt upp med bärgaren fick han nästa idé.

Rolf hade kört sönder två postlådor med plogbilen för Leo, men han hade inte velat ta på sig skulden och betala någon ersättning för dem. Nu skulle han ta sin hämnd. Om Rolf kvaddade den där ö-polisens bil så måste han ju betala, och här fanns det vittnen också. Leo kände sig mäktig. Det hade varit så häpnadsväckande roligt att han lyckas få Rolf att backat på bilen två gånger.

Vid det laget visste Leo att han nu besatt en enastående förmåga som skapats ur det kaos som samlats i honom.

Varför Spott-Åsa hjälpt honom på traven hade han ingen aning om, men det var hon som tämjt kaoset så han kom ur sin mentala härdsmälta. Nu visste han vilka som skulle få smaka på hans nya krafter.

David Zletter, hans före detta vän som legat med hans fru skulle bli nästa offer. Och det tedde sig inte bättre än att när Leo var ute på sin joggingrunda dagen efter så fick han se David stå där på färjeterminalen. Det var som ett omen, en skänk från ovan.

Leo joggade vidare men satte sig på en bänk en bit bort och fick sin forne vän att skämma ut sig ordentligt. Att den gammal tanten gett David en höger hade varit en riktig bonus. Dagen efter händelsen hade Leo gått förbi förskolan och sett Lena Gravin tillsammans med ett gråtande barn. Även hon hade varit en av Leos patienter. Han hatade henne och han hade velat tala om för alla att hon gjorde illa barnen bara för att få trösta dem och känna sig duktig och behövd. Hur jävla sjukt var inte det? Men den där förbannade tystnadsplikten tvingade honom att hålla käften. Fast nu fick hon vad hon förtjänade.

Han hade styrt henne till att erkänna vad hon höll på med och sedan fått henne att hoppa från lekhusets lilla tak. Denna gången hade han inte alls behövt koncentrera sig lika mycket som tidigare. Han hade hört att hon ådragit sig allvarliga skador från fallet och hon hade ännu inte vaknat upp efter operationen, vilket hon kanske aldrig skulle göra heller.

Skolklassen som spelade brännboll var klassen som hans son gått i. Några av de andra föräldrarna hade frågat om han ville komma och titta på. Det hade retat upp honom något fruktansvärt.

Är dom helt jävla dumma i huvet? Tror dom jag vill sitta och se på när deras skitungar skrattar och har kul? Men visst fan kan jag komma, jag ska nog se till att jag också får lite roligt. hade han tänkt.

Till en början blev han frustrerad av att se hur trevligt alla de andra föräldrarna hade det med sina avkommor. Själv blev han bara påmind om sin egen förlust och hans ilska ökade.

Det hade varit enkelt att ta över människorna där också. Det var bara att fokusera på en person och sedan göra intrång i dens sinne. Leo hade haft riktigt kul.

Igår hade hans otrogna fitta till exfru fått bränna upp sig själv. Om hon skulle överleva var oklart men han hoppades att hon skulle leva länge med enorma smärtor. Om hon återhämtade sig från brännskadorna skulle han ge på henne igen.

Idag var det Davids tur att dö och det ville han skulle bli spektakulärt. Om han fick det att se ut som ett självmord så skulle ingen kunna misstänka honom, samtidigt fick alla då veta att David legat med sin bäste väns fru. Det var ingen som gillade såna människor och det var ju många som tog livet av sig på grund av dåligt samvete.

Leo ville ha lite publik och tänkte att det vore roligt om den där snuten kom och försökte stoppa det hela... vilket han inte skulle klara av. När sedan David hoppade skulle nog polisen få skuldkänslor för resten av sitt liv. Allt hade gått enligt planerna.

När assistenterna från vakten kommit så insåg han att han skulle kunna fortsätta ha lite skoj. Han hade aldrig gillat nån av dem som stod där ute mellan hyreshusen. Om halvdansken skulle få frispel och krossa skallen på den där krullhåriga polisassistenten så vore det ju fullt förståligt. Han hade ju nyss skjutit hans flickvän... och att det inte stod rätt till i den skallen visste ju alla... Han trodde ju att han varit en kanin när han var liten ryktades det om.

Leo log och mumlade lite tyst på skånska.

– Jag ä en leiten kaneinapeåg från Skeåne... Tra-la-la-la-la-la-la-la-la-la-la-la!

På gårdsplanen höjde Lemke stenen över huvudet och närmade sig Markel.

Kapitel 73.
Storsten.

Har Lemke blivit radiostyrd å nu?... eller tankestyrd kanske passar bättre. Eller kanske hjärnkontrollstyrd...?

– Lemke, ja vet att du ä där inne nånstans, å att du inte vill kasta en dä stenen på mä... Å inte på nån annan heller för den delen.

– Du sköt min flickvän, och för de ska du feå betala. Ja ska krossa skallen på daj.

Lemke undrade varför han helt plötsligt börjat sjunga på den klassiska Edward Persson låten tidigare. Och att han sjöng kanin istället för gås.

När han fått den oemotståndliga inpulsen att plocka upp stenen så gjorde han det. Följdtanken hade varit att kasta den på Markel för att han skjutit Katta. Han visste ju att Markel egentligen inte var hans fiende och att han var beväpnad. Attackerade han Markel med stenen skulle han kanske bli skjuten. Men det bekom honom inte, han skulle kasta stenen ändå och han siktade mot det krullhåriga huvudet.

– Lemke vad gör du? Lägg ner stenen! Du tänker inte klart. Jag mår ganska bra trots allt, du behöver inte kasta! skyndade sig Katta att få ur sig för hon befarade att Markel skulle skjuta hennes kära Lemke.

– Lyssna på Katta nu å släpp stenen Lemke!

Markel var väl inte så himla rädd, han var ju trots allt beväpnad, men Lemke var nu bara några meter ifrån honom. Kastade han stenen och Markel inte hann hoppa undan skulle det kunna få förödande konsekvenser. Stenen var ju stor och vägde nog en 8-10 kg.

Markel backade för att behålla ett visst avstånd, men det låg en annan sten bakom honom och han snubblade och föll baklänges.

– Jävlar! skrek Markel.

Det ville sig inte bättre än att när han försökte hejda fallet för att ta emot sig så tappade han greppet om pistolen. Nu satt han på marken och när han såg upp hade Lemke förflyttat sig och stod alldeles intill honom.

– NEEEEJ LEMKE! skrek Katta.

Markel ville också skrika något liknande men han kunde inte. Han såg bara förskräckt på när skåningen tog sats med stenen.

Tänk att man skulle bli mördad av av en skåning mä en stenjävel. Dä hade ja då aldrig kunna tro. Å hur fan ska dä gå för Leila nu då när ja blir stenad till döds? tänkte Markel.

Precis när Lemke skulle till att kasta stenen hördes tre snabba skott.

Kapitel 74.
Ren säng.

Tudor visste sin plats och att han inte skulle ställa en massa frågor. Däremot sa hans ögon som ideligen sneglade i backspegeln att han gärna skulle vilja veta vad som hänt. Men Eidolf teg och tog sig in på baksidan av huset med en filt hängande över sig och han gav Tudor ledigt resten av dagen.

Eidolf låste in sig på nedervåningen i gästrummet som han nyttjat de senaste dagarna. Han såg på den rena och nybäddade sängen. Skulle han verkligen klara av att krypa ner och besudla de vita sängkläderna med sin äckligt kladdiga och illaluktande kropp? Det tog emot. Men så kände han hur trött han var. Han var enormt trött.

Hon sa ju att jag skulle lägga mig och att jag skulle somna med detsamma. Ja det kanske är lika bra att jag gör det då.

Han tog av sig kläderna och insåg att de nog bara var att kasta. Det kanske skulle gå att få dem rena hos en bra kemtvätt, men han ville inte få några undrande blickar från tvättpersonalen. De kanske trodde att han mördat någon. Nej kläderna skulle slängas, eller kanske ännu bättre brännas upp, men det fick bli i morgon.

Han skulle just lägga sig när han såg mot laptopen på skrivbordet. Skulle han ta sig en titt? En titt skulle ju inte skada. Om det fortfarande spökade på hans dator så skulle han bara stänga av den och strunta i att kolla mailen.

Han tittade efter men såg inget mail från någon arg amerikan som ville avblåsa köpet. Han såg även efter i historiken på avsända mail om han skickat något till amerikanen... men inte det heller.

Ja men då borde jag väl kunna våga mig på att skriva till honom att det är okej med köpet?

Eidolf hann knappt tänka tanken så slocknade laptoppen. Han suckade, men sucken övergick snart till en jäsp. Han var riktigt trött. Han betraktade sin blodigt nedsmetade kropp och ville mer än allt gå in i duschen. Fast då skulle ju allt det vidriga vara gjort i onödan.

– Nej nu ska jag få detta överstökat, och jag får inte bli störd.

Han ringde husan och gav henne sina direktiv.

– Jag har fått order av doktorn att sova och jag får under inga omständigheter väckas. Är det förstått?

– Order av doktorn? Hur är det fatt herr Maschkman?

– Det har jag inte sagt något om. Jag får inte väckas. Är det förstått?

– Öh, Ja herr Maschkman

– Om Marianne undrar så säg att allt är bra och att jag inte får bli störd. Jag stänger av min telefon också. Ni får klara er utan mig tills i morgon bitti.

– Okej herr Maschkman. svarade husan, något undrande men visste bättre än att ställa fler frågor.

Motvilligt la han sig i den nybäddade sängen. Han kände sig som en skymf mot allt vad rena sängkläder hette, men somnade inom loppet av några minuter.

Kapitel 75.
Matrix.

Knujt märkte hur det ljusnade och det första han såg när blicken klarnade var hur han låg ner på marken. Han svävade ungefär 30 centimer ovanför sin egen kropp och han såg hur Knujt på marken blödde ur mungipan.

Va sjutton är det som händer? Drömmer jag?

Han visste inte om så var fallet men han kände sig tvungen att se sig om. Det var också en besynnerlig upplevelse. Han insåg att allt i stort sett var stilla och att han själv svävade som en ande i ett näst intill fruset tidsögonblick. Det fick honom att tänka på sekvenserna i filmen Matrix där kameran rörde sig och man såg allt som hände i en 3-dimensionell bild i slowmotion. Enda skillnaden var att här fanns ingen kamera, det var han själv som var kameran.

Han häpnade av det han såg. Katta låg på marken och höll om sitt skadeskjutna ben medan Markel satt på marken och Knujt kunde se hur hans pistol flög iväg och sakta, sakta landade en bit ifrån.

Så såg han hur Lemke var i full färd med att kasta en stor sten över Markel.

Vad fan är det som händer? tänkte han. Men det tog inte lång stund innan han kopplade ihop händelseförloppet.

Så Markel sköt Katta... Det var som fan.

Eftersom tiden inte stod helt stilla så insåg han att Markel snart skulle få stenen över sig. Han måste skynda sig att... ja vad skulle han göra?

Jag måste hitta Leo. Han måste vara här i närheten. Vad var det Markel sagt?... Att Leos moster bodde i grannhuset.

Så var det, det var bara det att det fanns två hus att välja mellan och det var rätt många lägenheter... och ännu fler fönster.

Knujt tänkte springa bort till det närmsta huset men istället gled han över gårdsplanen, ungefär som han flög... eller svävade. Det var en märklig upplevelse och han skulle nog aldrig glömma känslan av den.

På bottenvåningen skymtade han människor i flera av fönstren. Han svävade närmare för att se lite bättre.

– Skit också, jag vet ju inte om jag känner igen Leo. Jag har ju bara sett honom på långt håll, och det var ju inte ens nån bra bild från övervakningskamerorna.

Insikten av att han inte riktigt visste hur Leo såg ut oroade honom.

Han vände sig mot Lemke och såg att han fortfarande stod intill Markel med stenen höjd ovanför sitt huvud.

Hur lång tid har jag på mig och vad ska jag göra när jag hittar Leo?

Tanken kom hastigt och spontant, men den fick honom att bli orolig. Han låg ju själv avsvimmad på marken, så även om han fann Leo, vad kunde han göra i detta tillstånd?... Säga bu och hoppas att Leo blev så rädd att han fick spatt och spader och tuppade av, eller?

Eftersom tiden var knapp fick han försöka lösa det senare. Att hitta Leo var prio ett.

Ingen av dem som nyfiket glodde i fönstren liknade den där Leo och Knujt hade nu kollat alla fönster på det första huset. Innan han tog sig till nästa hus kastade han ett öga på Lemke. Stenen verkade nu röra sig framåt och av Lemkes ansikte att döma så tog han i för full kraft.

Helvete! tänkte Knujt.

267

Det gick så fort att han nästan teleporterade sig till nästa hus. Där skannade han snabbt av fönstren i hopp om att få se en mörkhårig man med mörkbågade glasögon... men dem han såg påminde inte det minsta om Leo.

– Vart fan är han nånstans? sa Knujt och kände hur han motvilligt började sväva tillbaka mot sin kropp.

– Nej! Jag har ju inte hittat honom... Jag kan inte vakna innan jag hittat honom!

Det var så det kändes. Att hans medvetslösa kropp höll på att vakna och den sög tillbaka andeversionen av honom.

Så kom han att tänka på vad Grisskinns Eifva sagt och han fick ett uns av hopp.

Kapitel 76.
Lejon och rosor.

Lemke hoppade ofrivilligt till när tre höga smällar sjöng mellan husen, en mikrosekund senare insåg han vad han höll på att göra. Stenen som han var i full färd med att kasta skulle träffa Markel i huvudet. Tack vare smällarna och den plötsliga insikten av vad han höll på med så lyckades han i sista stund ändra riktning på den tunga stenen och den for förbi Markel med bara en decimeter.

Katta skrek i förfäran över att hon trodde stenen skulle träffa, och Markel blundade och höll upp händerna framför sig. Stenen landade i marken med en dov duns.

Så blev allt tyst.

Alla vände sig mot Knujt. Han låg fortfarande kvar på marken, men höll sitt tjänstevapen med båda händerna i riktning mot ett av hyreshusen. Ett ljud av glas som krossades hördes och de vände sina blickar mot en balkongdörr på andra våningen. Glaset rasade ner i stora skärvor från den sönderskjutna dörren.

När Knujt dragits tillbaka till sin kropp hade han tänkt på Grisskinns-Eifvas ord, "Lejonet bakom rosengardinen håller i trådarna".

Nu stod det för honom klart att med lejon hade hon menat Leo, vilket betyder just lejon. Trots att tiden varit knapp gissade han att det med rosengardinen betytt att Leo gömde sig bakom en rosengardin varifrån han styrde sina mänskliga dockor med sina osynliga trådar.

Precis när Knujt kände hur han sögs tillbaka in i sin kropp hann han se en gardin med stora röda rosor i ett fönster cirka 20 meter bort. Han såg ingen genom gardinen, men han kände på sig att det var där Leo stod.

I nästa sekund var han vaken och höll pistolen i sina händer. Han hade helt plötsligt avfyrat tre skott i snabb följd med sikte på rosengardinen. Han antog att han träffat för Lemke hade återgått till sitt normala jag igen.

– Jag såg honom i fönstret. Han gömde sig bakom gardinen. sa Knujt fort.

– Kom Markel, vi måste säkra platsen! Lemke, ta hand om Katta!

Trots yrseln från Kattas högersving var Knujt snabbt uppe på benen och Markel var tätt efter.

De sprang till porten och skyndade upp för trapporna. Det var inte svårt att lokalisera vilken dörr det rörde sig om och till deras lättnad var den olåst.

– Polis! Stilla! Detta är polisen! ropade Knujt och både han och Markel rusade in med dragna vapen.

Det fanns ingen där, förutom en död Leo Hall som låg på golvet framför balkongdörren. Knujt häpnade. Leo hade två kulhål i bröstet och ett mellan ögonen. Skottet hade tydligen träffat precis i mitten av hans glasögon för de mörkbågade brillorna hade gått mitt itu och låg nu i två delar på varsin sida om honom. Leos bakhuvud vilade i en pöl av blod på parkettgolvet.

– God damn Chiefen!... Pistolskjutarmagic, pistolträffarmagi... eller skjutmagi... fast dä skulle kunna misstolkas dä. Men du ä ju en jävel på å skjuta Chiefen.

Markel såg mot gardinen med de röda rosorna.

Det fanns tre hål i gardinen och Markel vände sig mot Knujt.

– Hur fan kunde du se att han stod bakom gardinen?

– Öh, jag såg hur han tittade fram och sen gömde han sig bakom den. Det var då jag sköt. ljög han.

Markel fick ett allvarligt uttryck.

– Dä kan bli svårt å rättfärdiga dom här skotten Chiefen. Han är ju... eller ja mener, han va ju inte beväpnad.

– Kukensjävlar. muttrade Knujt.

Han insåg att han inte brydde sig det minsta om att han nyss skjutit ihjäl en person.

Det borde man väl göra? Jag är nog så full av adrenalin att jag stöter bort dom känslorna nu. Det kommer nog senare när allt lugnat sig?

Det han nu brydde sig om var hur han skulle klara sig ur den här situationen med jobbet i behåll. Det skulle bli svårt att hävda självförsvar... även fast det egentligen var det.

Markel såg sig omkring i det gammalmodigt möblerade vardagsrummet. Så la han märke till ett hörnskåp som var handmålat med blommor och krusiduller i fina mönster. Det var ganska vanligt att skåp, kistor och skrin målades på liknande vis runt om i Hälsingland.

– Du Chiefen. Va kalles sånna där målningar?

– Öh... är det inte kurbitsmålningar?

– Yes-illi-yes! sa Markel och skyndade sig till skåpet och plockade fram ett par nitrilhandskar ur fickan.

Han tog på sig handskarna och öppnade skåpluckan.

Knujt undrade vad han höll på med.

Markel sökte av skåpets innehåll som till mestadel bestod av en porslinsservis med små koppar och fat med guldkant.

271

Men där fanns även ett skrin som också målats med kurbitsmålningar. Knujt såg förbryllat på honom. Markel ställde skrinet på vardagsrumsbordet och öppnade locket.

– Yes-illi-yes! sa Markel igen med ett leende och betraktade en gammal revolver som låg i skrinet.

– "Bakom kurbitsen finner du lösningen"! Dä va dä som Grisskinns Eifva sa... så ja tror att revolvern ä lösningen.

Knujt mindes nu också sierskans ord och började ana vart detta skulle leda, men han gjorde inget för att stoppa händelseprocessen.

Markel tittade först efter om pistolen var laddad. Det var den. Sen placerade han den på Leos bröst. Så tog han tag om Leos händer och satte Leos fingeravtryck från både den högra och vänstra handen på vapnet. Slutligen la han pistolen på golvet en bit ifrån Leo.

Knujt visste att detta var fel, det var manipulerande av bevismaterial och han som chef skulle behöva säga åt Markel att sluta... fast det gjorde han inte.

Markel gick fram till den trasiga balkongdörren, öppnade och ropade till Katta och Lemke.

– Förövaren är oskadliggjord å ja sparka undan revolvern hans!

Knujt såg mot Markel och vidare ut mot gården och på huset mittemot. Många nyfikna ansikten stirrade storögt på det som skedde.

– Nu vet alla att han hade en pistol. sa Markel.

Knujt lade märke till att Markel lämnade dörren lite på glänt, lagom så att man skulle kunna sticka ut en arm med ett vapen.

– Jag vet inte vad jag ska säga Markel... fick Knujt ur sig.

272

Markel flinade brett och såg mallig ut men så försökte han se allvarlig ut och harklade sig.

– Öhm! Jo du förstår Chiefen, vi ha utsatts för mörka makter av djävulens utsända skitstövlar, å djävulens skitstövlar kör aldrig mä rent mjöl i skopan, lådan eller den lilla asken eller va om nu använder sä av. Så om vi ska ha en chans å besegra sånt jävelskap i våra Skrömty-Kryssfall så måste vi ju ändra lite på spelreglerna... eller hur?

– Öh jo... svarade Knujt och tyckte nog att chefsrollen nu bytt plats.

– Vi håller ihop du å ja... som två av ljusets... eller rättvisans utsända riddare. Du å ja Chiefen... lika som Emil å Alfred ungefär.

Knujt flinade åt Markels kommentar trots den makabra situation de befann sig i.

– Ja, som Emil och Alfrid. höll Knujt med.

Kapitel 77.
Föremålet.

För inte så länge sedan var han bara en vanlig fågel. Då bestod hans tidsfördriv av att spana efter föda, kraxa litegrann från nån trädtopp, eller bara flyga runt och kolla vad som hände i närområdet. Det var som sagt för inte så länge sedan. Men nu var det annorlunda. Han hade på den senaste tiden fått andra uppgifter att utföra och det kändes kul på nåt vis.

Till en början förstod han inte varför han helt plötsligt skulle ta föremål av människorna, föremål som han skulle gömma på ett säkert ställe. Det visste han inte riktigt nu heller... mer än att det gladde hans uppdragsgivare och han fick belöning i form av mat.

Nu satt han i det stora korpboet uppe i en grantopp i närheten av Hin-Hålet och spejade. Det var här han brukade samla allt som han hittade, men nu var boet tomt och föremålen fanns hos hans uppdragsgivare.

En solstråle smet igenom de närliggande grantopparna och träffade något som glimmade till i botten av boet. Korpen flyttade sig lite åt sidan för att se bättre. Det var något som ramlat ner mellan kvistarna... ett litet föremål i metall som han måste ha glömt kvar.

Han pillade upp föremålet med sin grova svarta näbb och flög iväg med det till sin uppdragsgivare.

Undra vad jag får för gott när jag kommer med den här då? tänkte han.

Det skitiga fönstret stod öppet och Spott-Åsa hann se skuggan av den svarta flygaren innan han landade på hennes köksbord.

– Hej på dä "Svascht-Sate"! Va ha du hitta fla´ åt mä nu då?...

Svart-Sate hoppade fram med föremålet och la det på bordet framför Spott-Åsa och kraxade nöjt.

– En silverring...

Hon gick fram till en gammal träsoffa och öppnade sofflocket och tog fram ett skrin som hon ställde på bordet. Hon öppnade skrinet och såg ner på alla föremålen som korpen samlat in åt henne.

De sista veckorna när hon legat i koma hade något hänt med hennes mentala förmåga. Hon var vid medvetande... men ändå inte. Det var som om hon kunde förflytta sig ur sin egen kropp, som en andlig varelse. Det var då hon fått syn på en korp i en trädtopp utanför sjukhuset. Hon hade tidigt i livet lärt sig att kommunicera med djur på ett primitivt plan och hon uppmärksammade deras känslor och förmådde dem att göra enklare saker. Hon kunde exempelvis få en hund att attackera någon eller en häst att sparka bakut, men inte så mycket mer än det.

När hon befann sig i det andliga stadiet fick hon direktkontakt med korpen och det var som om de kunde prata med varann, de förstod varandra.

Eftersom hon inte hade så mycket pengar kom hon på idén att använda sig av korpen. Hon kunde ju prata med den och korpar var så pass smarta att det var enkelt att få den att förstå vad hon ville.

Hon hade gett korpen namnet Svart-Sate, för det var det första namnet som dykt upp, och med tanke på färgen så

275

passade ju det bra. Hon kände även att korpen inte var så god i sinnet. Han var nog en riktig sate trodde hon, i alla fall i andra fåglars mått mätt.

Svart-Sate hade fått order om att flyga runt och leta efter värdefulla föremål åt henne tills hon vaknade upp ur komat och hon åter var tillbaka i sitt lilla hus på Höjden. När hon kommit hem igen bad hon honom att ta med alla föremålen som han stulit till henne. Föremålen i sin tur var inte bara värda pengar, de kunde också innehålla information om ägaren. Information som fastnat i föremålet. Ju mer fäst en människa var vid ett föremål ju mer information om människan projicerades in i det.

De flesta av värdesakerna hade ingen nämnvärd information om dess ägare, men några av grejerna kunde visa henne en heldel smaskiga detaljer.

Information var makt. Den som visste hemligheter om andra kunde sedan använda den informationen till egen vinning.

Hon såg mot silverringen som korpen kommit med och tog upp den för att studera den närmare, men hon hann inte särskilt långt. Hennes fingrar låstes fast runt den som om den varit strömförande.

Det hettade om händerna och värkte i hennes fingerleder. Utan att hon visste det fick hon se samma syner som Knujt drömt om för inte så länge sedan. Synen av någon som offrades i Hin-Hålet och att ringen kastades upp i skyn för att sedan träffas av blixten. Hon såg även andra syner som inte Knujt sett i sin dröm, syner hon hade svårt att förklara. Men hon uppfattade att det rörde sig om vikingar.

Tidsepoken förändrades till närmare nutid och en ung grabb hittade ringen i renset av en fisk. Hon kände igen pojken. Det var en öbo. Det var en ung version av Gusten Rojt. Han hade likt henne varit skuggögd och haft en sjätte förmåga då han levde.

Det var en smått chockerande upplevelse att hålla i ringen. Så kom fler syner.

Polisen som gäckat henne de senaste dagarna dök upp i en vision där han hittade ringen under några golvbrädor.

– Ä dä Länsmans ring? flämtade hon.

Visionen om Knujt och ringen försvann men byttes ut av en mer skrämmande vision. Allt var mörkt och det kändes som Åsa satt i en gigantisk sal i ett svart berg. Så lystes en gestalt upp i det kompakta mörkret. Åsa visste mycket väl vem det var... eller rättare sagt **vad** det var som visualiserade sig i mörkret.

– Låt polisen va i fre! Du skant´ lägg dä i va han gör eller höller på mä!

– Älgkärringa? sa Åsa häpet.

Spott-Åsas mor hade berättat om Älgkärringa redan när Åsa var liten. Hon skulle ha varit en av de mäktigaste häxorna som funnits i Sverige sades det.

Det brände till i Spott-Åsas fingrar och hon släppte taget om ringen.

Så försvann det kompakta mörkret och likaså Älg-Kärringen.

Åsa såg hur ringen rullade runt på bordet en stund tills den slutligen stannade.

Hon såg på den med sina olikfärgade ögon.

– Vem ä du egentligen polis Knut?

Hon stängde locket på skrinet med alla smycken och dyrgripar och ställde tillbaka det i bäddsoffan. Ringen tog hon med eldtången och lade ner i en stor och tung plåtburk. I

277

burken låg ett gäng guldklimpar som hon funnit och samlat på sig under de 100 år hon bott på ön. De var rätt många nu och hon kunde sitta och titta på dem i timmar och fängslas av hur de glimmade.

Hon ställde upp plåtburken på spishällen. Varken ringen eller guldet skulle pantas på pantbanken. Guldet skulle hon bara ha att titta på, men ringen hade nog ett annat värde. Ett värde som var värt mer än pengar.

Kapitel 78.
Dag 7. Onsdag den 7:e September.
Ett oväntat svar.

När Eidolf vaknade tog det ett tag innan verkligheten kom ikapp honom. Men när hans trötta hjärna fått grepp om allt såg han mot sin arm, den var full med intorkat blod och det var svårt att se om utslagen var borta.

Han blev ivrig att få bort det intorkade äcklet och ville direkt hoppa in i duschen. Det fanns dock ingen dusch i gästrummet så han behövde ta sig till ett närliggande badrum. Morgonrocken ville han inte besudla, men lakanet som han sovit i var redan befläckat så han skylde sin kropp med det och lyssnade sedan vid dörren. Han hörde inget så han låste upp och kikade ut. Ingen syntes till så han småsprang till badrummet som låg ett 10 tal meter bort. Han öppnade dörren och skyndade in och låste om sig.

– WAAAAH!

Eidolf snodde runt och skrek ungefär lika högt som Marianne.

– WAAAH! Vad gör du här nere i badrummet?

– Eidolf! Vad har du gjort? Är du skadad?

Eidolf vände sig hastigt mot den stora spegeln ovanför tvättstället. Han såg grotesk ut. Hela han var insmord i den brunröda sörjan och han såg ut att ha medverkat i en splatterfilm.

– Nej Marianne Jag är inte skadad. Det är... en salva mot utslagen. Flytta på dig.

Han föste undan sin fru och gick in i duschkabinen hon nyss kommit från.

– Du svarade inte på min fråga. Vad gör du här nere?

– Jag ställde bara in en ny duschkräm.

Och av alla dagar så måsta hon göra det just idag. tänkte Eidolf irriterat och vred på vattnet.

– Kan man få duscha ifred eller ska du stå och glo länge till?

Marianne gick därifrån utan att svara.

Till sin förtjusning syntes inte ett spår av de vidriga utslagen... eller jo, några små rodnader där de värsta blämmorna varit men annars var de helt borta.

– Det fungerade. Jag är återställd.

Eidolf kände sig glad och lättad ända in i själen.

När han kom tillbaka till gästrummet lade han kläderna och sängkläderna i en plastsäck. De skulle brännas senare under dagen. Han lade märke till att laptoppen stod uppfälld och skärmen lyste.

Hur kan den lysa? Jag har ju inte rört den?

Han insåg snabbt att det inte var skärmsläckaren på skärmen som lyste, det var mailen.

Genast anade han oråd men kände sig tvingad att gå fram och titta.

Han hade fått ett nytt mail. Tvekande öppnande han det.

Det tog ett tag innan han förstod det han läste.

– Vad i fridens tider... har amerikanen redan köpt Benjamin Tylts tomt?

Det verkade onekligen så. Enligt datorns mailhistorik hade Eidolf svarat att han gladeligen sålde marken till amerikanen. Bankpappren var redan påskrivna och pengarna hade överförts till ett av sjukhusets konton... som i själva verket var ett konto som endast Eidolf visste om.

Herr Maschkman lovade att finnas tillgänglig om köparen behövde hjälp med myndigheter, bygglov eller liknande när han var på plats.

Amerikanen tackade för köpet och skulle anlända till ön inom kort.

Det var en märklig känsla som grodde i magen på Eidolf. Han var glad och upprymd för den stora summan som nu fanns på hans konto, men något annat grodde mer.

Om det nu var Benjamin Tylt som spökade i datorn och som skrämt iväg alla tidigare köpare, varför hade han då godkänt denna amerikan?

Enligt mailet han tidigare fått så skulle ju spöket... eller hackaren som sa sig vara den gamla seriemördaren sabba alla köp. Nu hade ju raka motsatsen skett.

Eidolf kollade kontot igen och leendet han fick i sitt strama ansikte kändes skönt och det suddade bort obehaget.

Inte ens ett gammalt seriemördarspöke kan säga nej till så mycket pengar. Pengars makt är nog den starkaste makten som finns... oavsett om man är levande eller död.

Hans tankar kom av sig då han såg något lysa upp i ögonvrån. Det var mobiltelefonen.

När han tittade efter var den översållad med missade samtal och meddelanden. Det senaste var från Ruben Af Jaarstierna som undrade var han höll hus. Det hade skett en skottlossning på ön och den där Katarina i vakten var skottskadad i benet. Knut hade också tvingats avfyra sitt vapen och en man vid namn Leo Hall var död.

– Leo Hall... Det var väl han som Knujt pratat om. Han som var misstänkt för allt det besynnerliga som hänt.

Eidolf såg mot sin utslagsfria arm.

281

– Det var den där Leo som Spott-Åsa tagit på... och det var ju då han fått tillbaka förståndet.

Eidolf rös till när han tänkte på hur hon vidrört hans arm och de kliande efterföljderna.

Vad har jag väckt upp för en hemsk häxa egentligen? Hon skulle kanske legat kvar i koma... och jag borde nog inte ha blandat in henne i mitt forskningsprojekt.

Mobilen lyste upp, det var ett inkommande samtal. Eidolf stelnade till, han anade vad det rörde sig om. Han tog några djupa andetag och svarade.

Kapitel 79.
Sjukbesöket.

Alla var samlade i det lilla rummet där Katta låg, alla utom Leila. Nån måste ju sitta i vakten.

– Hur känns dä då... i bene?

– Efter omständigheterna ganska bra. Jag trodde då aldrig att jag skulle vara med om att bli skjuten.

Hon såg lite surt mot Markel.

– Och absolut inte att jag skulle bli skjuten av en arbetskollega. Jag menar, man brukar ju bli skjuten av fiender inte kollegor.

– Ja fast du kan ju inte börja kalla mä för arbetsfiende, du vet ju att ja inte är nån fiende. Hade ja inte skjute så hade kanske både Chiefen, Lemke å ja vare dö nu.

Det låg mycket sanning i de orden och alla lät innebörden sjunka in.

– Hur kändes dä å va puppetstyrd då?

– Puppetstyrd?

– Ja styrd av en puppetmaster. Som om du liksom va en docka å styrd av en dockstyrare. En som håller i trådarna, puppstyrd... eller puppetstyrd mena ja. Puppstyrd är ju nå helt annat dä.

– Tänk om nån kunde styra käften din så du inte svamla så in i helvete hela tiden. svarade Katta.

– De vi var meid om är inget ja önskar min värsta fiende. sa Lemke.

Han hade ju också blivit styrd av Leo och bara varit en hårsmån från att kasta stenen på Markel.

– Det var helt sjuk. Jag visste innerst inne att de ja var på väig att göra var feil men ändeå så tvekade ja inte. Jag hade

283

en sån stark vilja att kasta stenen och för stonden seå kändes de helt rätt å befeogat. Ja äe seå glad att ja hann styra ondan stenen preceis när ja kasta, annars skolle ja neog aldrig konna leiva meid mei själv.

– Ja... fast ja hade nog hunne rulla undan ja. svarade Markel för att försöka lätta Lemkes samvete.

– Hur kändes det för dig då Markel? Tvekade du innan du sköt mig i benet eller gick det hur lätt som helst?

Kattas fråga lät hård med en anklagande ton.

– Nä ja tveka inte så mycke, å dä va ju tur dä. Men dä kan vi tacka Grisskinns-Eifva för, för dä va hennes ord om att tvekan kunde få värre effekt som gjorde att ja sköt.

Det kändes bra för Markel att han hade spåkärringen att skylla på. Men det hade inte Katta.

– Hur känns det själv då? Du som slog både Chiefen å Lemke. Du tveka ingenting du, och hade inte ja skjute så hade du nog krossa skallen på Lemke... Hur känns dä då?

Katta svarade inte och Knujt kände sig tvungen att lägga sig i.

– Ingen av er rår för hur ni agerade, det är bara Leo vi kan skylla på. Vi har ju sett hur alla andra agerat mot sitt sunda förnuft och gjort saker de inte trodde de var kapabla till. Ni är inga övermänniskor, ni är vanliga människor som alla andra och Leo lyckades på något vis styra er. Gräm er inte mer för det. Det är över nu.

Han hade rätt, men hur rätt han än hade skulle deras handlingar sätta sina spår, det var nog oundvikligt.

– Men jag måste säga att du har en sjujävla högersving Katta. Du slog ut mig på en smäll.

Han tog sig försiktigt med handen över den svullna blåklockan på vänsterögat.

284

– Jag ber så mycket om ursäkt och jag lovar att det aldrig ska hända igen. svarade Katta och såg lite skamsen ut.

– Som sagt, ni kan inte beskyllas för det ni gjorde.

Knujt ville prata om nåt annat.

– En sak som är lite positiv är att Ruben Af Jaarstierna sett till så det inte blir så mycket utredning kring det här. Maschkman var visst sjuk och hade stängt av sin telefon och därför tog Ruben över. Det var nog bra, för Eidolf skulle säkerligen velat få det till att jag handlat fel på nåt vis.

– Jag prata mä Eidolf i morse å sa att du, jag å Leila nog kommer å få jobba längre pass nu när Katta ä sjukskriven... eller skjutskriven, ha, ha!

Ingen skrattade åt Markels skämt och han tystnade ganska fort.

– Öh... han frågade ut mig om det som hänt och jag förklarade utan alltför mycke detaljer. Jag sa också att Herr Jaarstierna godkänt Chiefens och min rapport om händelsen.

Knujt log och nickade som svar.

– Det är i alla fall skönt att se att du är pigg och mår bra trots omständigheterna. sa Knujt till Katta.

– Ja dä ä dä. Hoppas du inte ä sur för att ja va tvungen å skjuta dä. sa Markel.

Katta blängde först surt mot honom, men så sken hon upp.

– Det är lugnt. Tack för att du gjorde det... och som Eifva sa så kunde det ju blivit mycket värre om du inte skjutit.

– Nu kom ja å tänka på en grej. Hur känns dä å va själva Skrömty-Krysset i ett Skrömty-Kryssfall då? frågade Markel.

– Vad menar du?

– Ja mä våra övernaturliga fall.... Skrömty-Kryssfallen. Nu ha ju både du å Lemke vare dä övernaturliga i själva fallet... Skrömty-Krysset i Skrömty-Krysset.

285

– Fan vad omständig du är i käften. Du kanske har nåt Skrömty-Kryss i mun som gör så du svamlar hela tiden skrattade Katta.

Det gjorde de andra också.

Kapitel 80.
Leveransen.

Den som ringde Maschkman var mycket riktig den han hade gissat. Det var Thomas Bovenhöjk som påminde om att patient Nikaros Ark skulle förflyttas till ön samma kväll. Det var så tomt det kunde bli på kajområdet när den svarta båten punktligt anlände klockan 22:00. Det gladde Eidolf. Tudor och fyra ur Eidolfs Zombiesquad stod och väntade på kajen medan båten förtöjdes. En lastbrygga lades ut och Tomas Bovenhöjk steg iland. *Så han följde också med, det hade han väl inte behövt. Men det är klart... Han vill väl roffa åt sig ob-timmar kan jag tro.* tänkte Eidolf.

– God kväll Herr Maschkman. Det var ett tag sedan.

– God kväll Herr Bovenhöjk. Jo det var väl det. Har transporten gått bra?

– Jo tack inga problem. Vill ni att vår beväpnade personal ska följa med när ni transporterar patienten till sjukhuset?

Bovenhöjk gjorde en gest med handen mot några civilklädda personer. Att det var beväpnad säkerhetspersonal kunde vem som helst ha gissat sig till.

– Tack men det behövs inte. Jag har mina egna. De känner till rutinerna och det räcker för mig.

– Okej.

Bovenhöjk nickade mot en av vakterna som genast greppade tag om kavajslaget och talade i en dold mikrofon. Strax därefter öppnades ett par dörrar på båten och två vakter rullade ut en bår där det låg nån under en orange filt. Eidolf visste inte riktigt hur de hade tänkt att lämna över patienten men gillade att personen låg på en rullbrits. Det gjorde att det skulle kunna röra sig om en sjuk människa. Om patienten kommit gående med handfängsel skulle det varit mera iögonfallande. Däremot hade mannen på rullbritsen en mask över ansiktet likt Hannibal Lector från "När lammen tystnar". Det var så klart en försiktighetsåtgärd som var oundviklig. Fast med tanke på att det var sen kväll och inga öbor i närheten så var det nog ingen som lade märke till den lilla detaljen.

De skjutsade båren över landgången och Tudor och två ur Zombiesquaden tog emot på kajen. När bårhjulen åkte av landgången skumpade båren till och Tudor tog tag i den så den inte skulle tippa omkull. Tudor såg in i ögonen som blickade ut genom masken. Det han såg var inte så långt ifrån det han såg varje gång han tittade sig själv i spegeln. Det var kalla tomma ögon med en likgiltig lyster som fick många att skygga undan, men eftersom Tudor var van så gjorde han inte det. Men han kände att personen på båren var långt ifrån en så kallad vanlig människa.

Nikaros Ark skjutsades in i den grå skåpbilen.

– Ja då behöver jag bara ha en signatur här så är vi klara.

Bovenhöjk höll ut ett papper och penna.

Eidolf letade efter sin egen Montblanc-penna i innerfickan, men så kom han ihåg att den var stulen av den där tjuvaktiga korpen. Han suckade lätt och skrev under.

– Ja då var vi klara här.

– Då är Nikaros Ark överlämnad i er vård och jag hoppas det ska gå bra och att inget... händer under vårdtiden.

– Det ska nog gå bra. Vi är vana att ta hand om sådant... folk. avslutade Eidolf och struntade i om att han formulerade sig oprofessionellt.

Det var ju ändock kväll och det hade varit en lång dag.

288

Bovenhöjk med personal for iväg med båten och Eidolf med sin personal åkte iväg i transportbilen.

Eidolf som satt på passagerarsätet vände sig om och såg mot patienten genom det förstärkta plexiglaset.

Nikaros Ark... Nu ställer du inte till med någon skit här på ön som får oss i dålig dager. Nu är du i min vård och här daltar vi inte med sånna som dig. Sköter du dig inte så är det dig det blir synd om.

På väg upp mot sjukhuset funderade Maschkman på om det skulle kunna gynna sjukhuset på något vis att de hade Nikaros Ark intagen på sjukhuset. Tidigare när våldsamma människor med avskyvärda handlingar i bagaget vårdats på ön hade det känts bra. Ungefär som att "Vi på dårön klarar av de värsta monstren"... men nu hade det hänt så mycket på ön att publicitet av detta slag inte var lika roligt längre. Eidolf ville hålla låg profil, men att Nikaros Ark nu var här gjorde inte den saken lättare. Han tvivlade på att patientens vistelse skulle kunna hållas hemlig särskilt länge.

Folk är av naturen lösmynta och att hålla tyst om något sådant här är en omöjlighet. tänkte han och suckade.

Slut.

Knujt
Maxner

Markel
Högbrink

Katarina
Tinderlund

Leila
Sandling

Ruben Af
Jaarstierna

Eidolf
Maschkman

Sten
Ljungson

Sören
Kolderot

Rune
Stålblom

Lillian
Dalmersson

Bosse
Fjord

Reine
Höög

Lemke
Knutsson

Vendel
Kallgård

Lotta
Brysk

Eifva
Näderlögd

Claes-Eskil
Blom

Leo
Hall

Tudor
Boriskov

Gustav
Polmerdal

Maja
Fander

Marianne
Maschman

Lena
Gravin

Åke-Lars
Blom

Lennart
Bälderskog

Rolf Tagesson

Benjamin
Tylt

Birgit
Stålblom

Tina
Flodgren

Spott-Åsa

Älgkärringa

David
Zletter

Naja
Kallgård

Doktor
Abrahamsson

Ronny med
Forden

Ulla i
caféterian

Författarens efterord.

Från början var det tänkt att det endast skulle bli tre böcker om Knujt och hans vänner. Men livet på ön tycks fortsätta. Det blir nya intriger som ska lösas, nya händelser och nya intressanta personer dyker upp.

En liten idé ger ringar på vattnet och under tiden berättelsen fortskrider så har den förvandlats till en större del i öns pussel.

I nuläget är handlingen i bok 6 och 7 redan utstakat. Sedan återstår att se om ni gillar det. Jag hoppas det. Själv ser jag fram emot att få skriva om alla nya tvister och galenskaper.

Jag älskar att hitta på själva storyn med tillhörande karaktärer, men att få ge liv till karaktärerna med min röst är ännu roligare, var av jag jag rekommenderar mina böcker som ljudböcker före pappersböcker.

Men utan er läsare och lyssnare som uppskattar det jag gör vore det inte lika roligt och då hade jag nog gett upp skrivandet för länge sedan.

Jag vill därför tacka alla er som läser eller lyssnar på mina böcker och som gillar det jag gör. När jag läser alla era fina utlåtanden på sociala medier blir jag verkligen peppad att fortsätta. Tack!

Jag vill även tacka min fru Jessica som stöttar mig i mitt skapande och som även granskar allt material, samt bidrar med ideér, tips och råd till handlingen.

Du har nu läst Spott-Åsa på Höjden,
Snuten på dårön 5. Skriven av
Kent Klint Engman 2024.

299